Der Aufdringling

Stefan Barton

Der Aufdringling
Erzählungen

Bibliografische Information  Bibliothek:
Die Deutsche Bibliothek verzeichnet diese Publikation in der
Deutschen Nationalbibliografie; detaillierte Daten sind im Internet
über <http://dnb.ddb.de> abrufbar.

© 2006, 2014 Stefan Barton
Herstellung und Verlag: Books on Demand GmbH, Norderstedt
ISBN 9783735786753

Inhalt

Der Kerl	7
Lee Ann	47
Resultate	65
Fern	73
Wahres Heldentum	85
Der Wunsch	97
Im Café	175
Mühle	183
Nachwort	193

Der Kerl

Den Hergang der ersten Begegnung kann Philip nur mühsam rekonstruieren. Sie fand irgendwann in den frühen Morgenstunden statt, in denen nichts wirklich real ist, nicht einmal der Schlaf. Philip erlebte die Störung mit der Verwirrung des abrupten, unfreiwilligen Erwachens, zu einer Zeit, in der sich nichts zuzutragen hat, in der selbst Schlaflose einnicken.

Plötzlicher Lärm ließ ihn wie durch einem starken Stromstoß aufzucken, grobe Hände packten ihn am Pyjamakragen und rüttelten ihn in ein Halbbewusstsein, in dem es ihm nicht einmal gelang, sich zu orientieren. Philip war in dem Moment eine rohe Masse, ein Rohling in den Händen des Eingedrungenen. Dieser musste die Schlafzimmertür aufgestoßen haben, mit gleichem Schwung an das Ehebett geeilt sein und ihn, Philip, sogleich aus dem Schlaf und aus den Kissen gerissen haben. Er zog Philip zu sich heran und brüllte.

Noch musste Philip rekonstruieren, um das Geschehen zu schildern, denn er war sich zu dem Zeitpunkt wohl nicht mal bewusst gewesen, dass er Philip war, geschweige denn, was mit diesem Philip und um ihn herum geschah. Eine Visage erschien dicht vor Philips Augen und brüllte direkt in sein Gesicht. Sie brüllte:

»Wer?« Und gleich wieder, lauter, ohne sich selbst und Philip die Möglichkeit des Atmens zu geben: »Wer?«. Es war das gleiche, kurze Fragewort, zweimal geschrieen, im Zorn, wie es schien, ohne dass es sich wie eine Frage anhörte, sondern eher wie eine Feststellung oder eine Anklage. Man muss sich das vorstellen: Philip, in den Fängen dieses überwachen, respektlosen Kerls, selbst aber noch unfähig, klare Gedanken zu fassen, zu sich zu kommen. Dann diese zusammenhangslosen, identischen Fragen, dringend und einschüchternd, wie zwei Schüsse abgefeuert. Philips erste Reaktion war, verständlicherweise, Furcht, und ein Sich-ausgeliefert-fühlen. Er hing kraftlos in der ergriffenen Pyjamajacke. Nach dem zweiten, ohrenbetäubenden »Wer?« stieß Philip den Namen »Karin« hervor, wie eine hastige Abwehr des Körpers auf den Angriff aus dem Dunkel. Also noch bevor er sich klar werden konnte, dass die Frage eigentlich ohne Sinn war, ohne Hintergrund, ohne Grund an sich.

Wer wagt es, und warum, fragte sich Philip später, nachdem der Eindringling von ihm abgelassen und eilig und offenbar verrichteter Dinge das Zimmer und die Wohnung verlassen hatte. Philip kam erst richtig nach dem Geschehen, nach dem Abtritt des Eindringlings, der irgendwie etwas Militärisches an sich hatte, und nach Wiederherstellung der Ruhe, zu sich. Er ächzte. Der Schweiß war ihm ausgebrochen, seine Ohren klirrten. Seine Ehefrau wühlte neben ihm unter der Decke. Schlafend wandte sie sich zu ihm und murmelte: »Ist was, was ist denn?«, und sank sogleich wieder tiefer in den Schlaf. Unglaublich, dachte Philip später, dass sie von dem Geschehen nicht geweckt wurde. Aber alles trug sich in Sekundenschnelle zu und sie hatte einen festen Schlaf. Sie schlief stets vor Philip ein und hatte morgens die größten Schwierigkeiten, dem Klingeln des Weckers ins Erwachen zu folgen.

Noch lange lag Philip wach. Zwischendurch untersuchte er leise die Schlafzimmertür, die Wohnung und die Haustür, aber nichts deutete auf den Eindringling und dessen Eindringen hin. Philip zog in Betracht, dass er einem wirklich ungewöhnlich vitalen Traum zum Opfer gefallen war. Aber selbst wenn dem so sein sollte, so war das nicht das Beunruhigenste, das sich in der Nacht zugetragen hatte. Das nämlich war vielmehr das Wort, der Name, den er selbst, zweifelsfrei, gesprochen hatte. Er hatte diese wirkliche oder eingebildete Frage, die so brutal erschienen war, mit dem Namen »Karin« beantwortet, zu beschwichtigen versucht. Philip blickte auf seine schlafende Ehefrau, auf ihre entrückten Gesichtszüge und fragte sich ängstlich, ob sie wirklich nichts von diesem kurzen Dialog mitbekommen hatte. Denn ihr Name war Lisa …

Beunruhigt und unausgeschlafen verbrachte er den nächsten Tag. Natürlich war er aufgebracht wegen des unerhörten Eindringens des Fremden. Doch so fremd konnte die Person nicht sein, schien es Philip gleichzeitig. Sie war so zielstrebig und überzeugt vorgegangen, es wäre lächerlich an eine Verwechslung zu denken, grotesk.

Immerhin war niemand ernstlich zu Schaden gekommen.

Philip war nun sicher, nicht geträumt zu haben. Er hatte einen Riss im Pyjama entdeckt. Ein Beweis also. Er wollte nicht glauben, dass er selbst am Schlafanzug gezerrt hatte. Niemand war zu Schaden gekommen, niemand hatte etwas gehört. Lediglich der Fremde hatte den Namen »Karin« vernommen, aber war er wirklich an dieser oder irgendeiner Antwort interessiert gewesen? Was hatte ihn motiviert, zu Philip vorzudringen und gewalttätig eine Entgegnung aus ihm herauszupressen, mithilfe einer vagen Frage, auf die es theoretisch alle möglichen Antworten geben konnte?

Es gelang ihm nach einer Weile, die Brisanz des unerlaubten Eindringens in die Wohnung während der Nachtruhe in den

Hintergrund zu drängen. Was ihn aber weiterhin in hohem Maße beschäftigte, war Karin. Und ob der Fremde gewusst hatte, was er mit seiner gebellten Frage anrichten würde. Obwohl es sehr dunkel im Schlafzimmer gewesen war, hatte er das Gesicht des Mannes, lediglich durch einen vagen Mondschein schwach illuminiert, noch gut in Erinnerung. Er kannte es nicht, aber er würde es wieder erkennen. Es war markant: grob geschnittene Züge, verwittert. Gab es eine Beziehung zu diesem Mann, eine Verbindung über einen Dritten? Was fiel ihm ein, diese eine Frage zu stellen, zu dieser höchst unpassenden Zeit?

Tief getroffen hatte Philip seine eigene, unwillkürliche Antwort: Karin.

Wie sollte er das nun verstehen? Wie wollte er es verstehen. Von »sollen« könnte nur dann geredet werden, wenn der Fremde ihm gerade diese Antwort (dieses Zugeben?) abnötigen wollte.

Karin. Wie lange hatte er Karin schon nicht mehr gesehen. Fünf oder sechs Jahre, schätzte Philip. Lange genug, um zu heiraten, sich an das Verheiratetsein zu gewöhnen und Karin in die Vergangenheit zu verbannen.

Er hatte auf diese rohe Frage mit ihrem Namen geantwortet, wie ein Aufstoßen aus dem Unterbewusstsein, wie man um eine Erlösung bittet, oder, so zog Philip in Betracht, wie man sich selbst gelegentlich eine fundamentale Frage stellt.

Wie präsent war Karin noch in seinen Gedanken, in seinen Untergedanken, Hintergedanken? Sicher, er hatte Karin nicht vergessen, ihre gemeinsame schöne und zugleich schwierige Zeit. Man hatte sich von dieser Liebe abgewendet, so, wie man im Leben eben Entscheidungen trifft, aus Situationen heraus,

aus akuter Motivation. Es gibt immer Gründe für eine Trennung. Es gab Gründe, sich von Lisa zu trennen. Aber es gab offensichtlich auch Gründe, Karins Namen mitten in der Nacht lautstark von sich zu geben. Philip war verunsichert. Verstohlen dachte er an Lisa.

Er versuchte sich vorzustellen, was aus Karin geworden war. Sie war ihm als Klavierspielerin aufgefallen. Sie war zierlich und anmutig gewesen, reserviert, aber gelegentlich von einer gefährlichen Energie erfüllt. In gewisser Weise war Karin rätselhaft geblieben, aber auch durchschaubar. Ihre Rätselhaftigkeit war wie ein Tick, dachte Philip, und die Vorhersehbarkeit ihrer Reaktionen die eines Bühnendarstellers, den man im Grunde doch nicht kennt.

Habe ich sie jemals gekannt, fragt sich Philip. War er andererseits jemals irgendjemandem näher gewesen als ihr? War es nicht so, dass er Karin nachvollziehen konnte, dass er das Menschsein in ihr, ihrer Schönheit und dem Klavierspiel erkannt hatte? Philip raufte sich die Haare. Hatte er sich damals falsch verhalten, falsch entschieden? Konnte man sowas überhaupt denken? Konnte man sowas hinterfragen? Ihre Beziehung war daran gescheitert, dass sie gegenseitig die Schwächen des anderen nicht akzeptieren konnten. Ein herber Verlust, aber nötig. So schien es ihm damals und darauf vertraute Philip jetzt.

Aber mit einem Male war Karin wieder in seinen Gedanken, und die Vergangenheit sah plötzlich rosig aus. Bilder sprudelten in ihm hervor, Sehnsucht lösten sie aus, löste sie aus.

Lisa war eine ganz andere Frau, mehr dem Leben zugetan, direkter und präsenter. Sicherlich weniger geheimnisvoll und magisch, dafür aber sich selbst und der Umwelt näher, realitätsbezogener, mit natürlicher Lebendigkeit. Schwer zu definieren, fand Philip, schwer, zu vergleichen. Sicherlich waren die beiden Frauen nicht so verschieden, wie Philip das in diesen Momenten vorzukommen gefiel. Um so etwas wirklich beurteilen zu können, dafür waren die meisten Männer zu romantisch, fand Philip, und schloss sich dabei mit ein.

Welche der beiden Frauen war besser für ihn, und für welchen Aspekt seiner Persönlichkeit? Fruchtlose, aber nicht zu unterdrückende Grübeleien. Irgendetwas in ihm ließ ihn nach Karin rufen, befürchtete er. Sicherlich hatte er ihren Namen nicht völlig grundlos gerufen. Verpasste er gerade ein besseres Leben? War er glücklich? War Karin glücklich? Lisa?

»Du Hund«, rief Philip und meinte den nächtlichen, ungebetenen Gast.

Philip hatte sich also dagegen entschlossen, die Polizei einzuschalten. Es gab nichts zu berichten, was nicht absurd klingen musste. Er wollte das Haus und Lisa nicht unnötig beunruhigen, kam er mit sich überein. Es war ihm nicht anzusehen, dass sich etwas Ungewöhnliches zugetragen hatte, dass er eine gestörte Nacht erlebt hatte. Er war morgens stiller und begab sich nachmittags auf einen langen Spaziergang.

Er brachte eine melancholische Stimmung mit nach Hause, die sich in Verdruss wandelte, und nachdem er sie ein paar Mal angeschnauzt hatte, ließ Lisa ihn in Ruhe.

Er war mit seinen Gedanken an anderen Orten, zu anderen Zeiten. Er versuchte sich Karin vorzustellen, die jetzige, eine Tagesfahrt entfernt, mit ihren eigenen vierundzwanzig Stunden am Tag, mit ihren sieben Tagen in der Woche, ihren Wochen und Monaten. Was hatte ihr die Zukunft der letzten Jahre gebracht, was war ihr widerfahren, und, hatte sie an Philip gedacht, hatte sie sich gefragt, was er wohl trieb und dachte?

Sie hatte *ihr* Leben, *ihre* Vorhaben. Frühstück, Arbeitsweg, Momente auf der Parkbank. Sie führte Gespräche, liebte, atmete. Dies ging Philip ungeordnet durch den Kopf, und die Gewissheit, dass er die Lebendigkeit anderer unterschätzte, dass er den Reichtum und Komplexität ihrer (ihrer: Karins?) Welt nicht würdigen konnte.

»Ach, Karin«, seufzte er und fühlte in sich eine schreckliche Wärme.

Er saß im Zwielicht der Dämmerung und rang mit dem Gedanken, Karin zu besuchen, vielleicht sogar sofort. Wohnte sie noch in dem Haus, das sie von ihren Eltern, nach deren überraschendem Tod, der sie so verwirrt hatte, übernommen hatte? Es lag einsam zwischen Dörfern, ab von den Hauptstraßen. Philip glaubte fest daran, sich an den Weg zu ihrem Haus erinnern zu können. Aber was würde er als Begründung für seinen Besuch vorlegen können, ohne die letzten Jahre und vieles Gesagte in Frage zu stellen? Wie hatte sie ihre Trennung und die darauf folgende Zeit überwunden? Würde sein hastiger Besuch sie vollkommen kalt lassen, lächeln lassen und ihn, Philip, dadurch überflüssig machen? Diese Gedanken machten ihn bewegungslos. Er sah aus dem Fenster und blieb still sitzen. Man konnte ihm das Gezerre in seinem Kopf nicht ansehen.

In seiner siedenden Emotionalität entschloss er sich dann doch von einem Moment auf den anderen ihre Telefonnummer zu wählen, sie anzurufen, einige Ausflüchte parat und mit kontrollierter Stimme. Aber er konnte ihre Telefonnummer nicht mehr erinnern und fand diese auch nicht in alten

Notizbüchern. Ein Anruf bei der Auskunft brachte das Ergebnis, dass sie dort keinen Telefonanschluss mehr besaß. Philip erinnerte sich daran, dass Karin davon gesprochen hatte, das Haus zu verkaufen. Sie bewohnte lediglich zwei von unzähligen Zimmern in dem Anwesen. Sie hatte sich beunruhigt von den leeren und kalten Räumen gefühlt, von den unbenutzten Möbeln, die einen muffigen Geruch von sich zu geben begannen. Sie hatte sich einen wunderschönen und teuren Flügel gekauft, aber die Noten hallten seltsam durch das unbelebte Haus. Mit dem Geld des Hausverkaufs konnte sie überall hingezogen sein, konnte sich eine neue Existenz aufgebaut haben, wo immer es ihr gefiel. Möglicherweise hatte sie nun genug Vermögen, um nie wieder für Geld arbeiten zu müssen, nie wieder Konzerte zu geben, nie wieder ihren Namen hinterlassen zu müssen, ihren Namen, der nicht ungewöhnlich und selten genug war, um aufzufallen, um ihn durch einige Recherchen finden zu können. Es gab keine gemeinsamen Freunde mehr.

Die Chancen, sie zu finden waren minimal. Philips Sehnsucht wurde damit richtungslos. »Es wäre besser, sich damit abzufinden«, resignierte er.

Aber er blieb unzugänglich für seine Umwelt, obwohl er sich bemühte, normal zu scheinen, um keine Fragen bezüglich seines Gemütszustandes zu erregen. Sicher, Lisa ließ sich wohl nicht davon täuschen, aber Philip war oft in einem Maße mit sich selbst beschäftigt, dass sie wohl annahm, er würde bald wieder quicklebendig und für seine Umwelt zugänglich werden.

Mensch sein bedeutet, hin und wieder Fragen und Problemen zu begegnen, für die es keine Lösungen gibt. Diesen Gedanken trug Philip mit sich herum, als Balsam vielleicht, als etwas

Tragisches, das auf gewisse Weise das Leben, das Am-Leben-Sein ausmachte.

Philip saß an einem kleinen, runden Metalltisch in unmittelbarer Nähe eines öffentlichen Parks und aß Erdbeeren aus einer großen, verzierten Glasschale. Es ging ihm besser, das war deutlich. Die Wärme des Spätsommers trieb ihn aus dem Haus, frische, natürliche Gerüche, eine gedämpfte Geräuschkulisse mit Vogelsingen und vorbeiziehenden Gesprächen befriedigte seine Laune. Er löffelte eine gezuckerte Erdbeere nach der anderen, schaute dabei über das Glas auf die schlichte Tischdecke mit den Aufdrucken des Eiscafes und war so in Gedanken verloren, dass er nicht bemerkte, dass sich eine Person genähert hatte, dann neben ihm stand und ihm zusah. Beinahe hatte er alle Erdbeeren verspeist, als eine männliche Stimme ohne besondere Betonung, ruhig und wie eine schlichte Feststellung sagte:

»Es wird für jeden eine letzte Erdbeere geben.«

Philip fand augenblicklich in die Realität zurück und schaute zu dem Mann auf, der in unmittelbarer Nähe stand, mit der sprachlosen Wachheit eines Aufgeschreckten. Er erkannte den Mann sofort als jenen wieder, der vor Tagen zu ungewöhnlicher Stunde in sein Schlafzimmer eingedrungen war. Dann blickte er verstört in das Glas vor sich und entdeckte, dass darin nur noch eine einzige Erdbeere verblieben war. Mit einem Ruck stand er auf und wandte sich in die Richtung des Unbekannten, aber dieser war nicht mehr da, hatte sich wieder in Windeseile davongemacht. Nervös blickte Philip um sich, versuchte einen Davonlaufenden, einen hinter einem Baum oder Strauch Verschwindenden zu entdecken. Er sah nichts dergleichen.

Er fiel zurück auf den Metallstuhl, die Hand verkrampft um

den Löffelstiel. Er beobachtete die letzte Erdbeere, verzehrte sie jedoch nicht. Stattdessen erhob er sich nach einigen Momenten und lief davon. Vierundzwanzig Stunden später war Philip ein Wrack. Und das trug sich folgendermaßen zu:

Zuerst war Philip lediglich ärgerlich über diese blödsinnige Bemerkung, über die Dreistigkeit und List des Fremden und über seine eigene Reaktion. Er hätte sich gerne besser im Griff gehabt, hätte lieber nicht so berechenbar gehandelt. Er war auf den Kerl reingefallen, und das zum zweiten Mal. Noch saß er vor der letzten Erdbeere. Er fragte sich nach den Absichten des Unbekanten, nach der Befriedigung, die jener durch seine Interventionen zu bekommen gedachte.

Philip spürte Verunsicherung. Der Mann hatte sein Ziel wohl erreicht. Auch war Philip ratlos bezüglich der Wahllosigkeit der Bemerkung. Dass es für jeden eine letzte Erdbeere geben würde, war ja keine weltbewegende Feststellung, war lediglich eine Beschreibung der Vergänglichkeit. Aber war die Bemerkung wirklich so zusammenhangslos? Besaß der Fremde besonderes Wissen? War Philip vielleicht gerade im Begriff, seine letzte Erdbeere zu essen? In Philip regte sich plötzlich die Hitze der Panik und Abscheu. War er dem Tode nah? Wer war der Mann? Konnte eine Erdbeere den Zeitpunkt des Todes bestimmen? Sein Kopf war voller gefährlicher Fragen. Daher setzte er sich plötzlich auf, lief vor der verbleibenden Erdbeere davon, und gab sich das hastige Versprechen, nie wieder Erdbeeren zu essen.

Dabei war Philip kein abergläubischer Mensch.

So war er bald wieder bereit, alles als Unsinn abzutun. Ein mieser Streich, wollte er glauben. Aber was sollte das alles? Philip stand vor einem Rätsel, einem vielleicht gefährlichen, lebensgefährlichen Rätsel. Er stampfte in Richtung der eigenen Wohnung. Noch bevor er diese erreichte, offenbarte sich ihm, dass, als er gerade Erdbeeren gegessen hatte, obwohl er die letzte Erdbeere im Glas gelassen hatte, die vorletzte vielleicht besagte letzte Erdbeere gewesen war, *seine* letzte. Wer konnte das wissen, beziehungsweise behaupten? Das Zurücklassen der letzten Erdbeere im Glas konnte ihn also keineswegs vor einem möglicherweise vorhergesagten Tode retten. Dennoch hatte der Fremde seinen Satz gesagt, bevor er die letzte Erdbeere im Glas essen wollte, also vielleicht doch eine spezielle Bedeutung gerade dieser? Philip blieb bei dem Vorsatz, nie mehr Erdbeeren anzurühren. Aber er war verwirrt, ob der Logik dieses Entschlusses. Und offen für Gedanken, die er ganz verdrängt geglaubt hatte.

Es war nicht wirklich die Unklarheit darüber, welche Erdbeere die letzte sein würde, es ging nicht um diese spezielle Erdbeere, darum, dass irgendeine die letzte sein würde. Es war auch nicht die unbestrittene Tatsache des eigenen, schließlich unausweichlichen Todes. Es war das Einfallen dieser Todesgewissheit in den alltäglichen Vorgang des Essens. Die fundamentale Sorglosigkeit bei der Nahrungsaufnahme, bei Alltäglichkeiten, beim reinen, gedankenlosen Sein, war fragil. Und in Philips Fall nun erschüttert durch die plötzliche Eingebung, dass nämlich ein profanes Objekt wie eine Erdbeere ein Symbol von Unausweichlichkeit, von Sterblichkeit, ja von grundsätzlicher Sinnlosigkeit sein kann, vielmehr: ist, sein *muss*. Und wenn der Verzehr der letzten Erdbeere ein schicksalhafter, und dabei unbewusster Vorgang war, so trug jede Erdbeere den Keim dieser Bedeutsamkeit in sich, verkörperte schließlich die Vergeblichkeit jeglicher Bemühung, die eigene Vergänglichkeit zu leugnen. Philip lachte hin und wieder auf bei diesen Gedanken, doch ihm war sehr wohl bewusst, dass er es sich erlaubt hatte, in einen monströsen Abgrund zu blicken. In einen Abgrund, in den man besser nicht schaute, wenn man ein unbeschwertes Dasein führen wollte. Philip schreckte vor seiner eigenen Fähigkeit zurück, sich dessen bewusst zu sein, was der Tod wirklich bedeutete. Er hatte das alles schon einmal durchgemacht, hatte sich dabei ein wenig den Verstand verbrannt, nämlich als Heranwachsender, der zu sehr über die eigene Existenz und das Leben an sich nachgegrübelt hatte. Damals hatte er sich geschworen, nicht wieder darüber nachzudenken. Es war, wie alles, sinnlos.

Der Tod, so dachte Philip damals, jetzt plötzlich wieder, ist das totale Vergessen und dadurch die Nicht-Existenz des Lebens. Jegliche, noch so leckere und schöne Erdbeere geht darin auf, verschwindet, wird nicht-existent, und manchmal kann man es ihr, und jedem Gegenstand, jedem Umstand, anfühlen. Der Sonnenschein, der Philip auf seinem Nachhauseweg begleitete, hatte für Philip einen zynischen Unterton. Die laue Wärme brütete etwas aus, ließ ihn schwitzen. Die gute Laune der ahnungslosen Passanten verhöhnte ihn. Aber er hatte keine Wut in sich, nur Mutlosigkeit und die Unfähigkeit, sich abzulenken.

Zu Hause ließ sich Philip in einen Sessel fallen und sank in sich zusammen. Lisa sah ihm seinen Zustand an und fragte ihn besorgt, ob es ihm gut gehe. Er sagte schnell, dass sein Bauch ihm wieder zu schaffen machte, dass sein Magen sich mal wieder selbst verzehre, aber, so dachte er verzweifelt, es ist mein Geist, der sich selbst verzehrt. Er sagte, er wolle sich nur ein Weilchen ausruhen, dann ginge es vorüber. Lisa stellte ihm ein Glas mit Wasser hin und zog sich zurück.

Da saß Philip nun, unbewegt, und zerrte innerlich an seiner Gemütsverfassung und an seinem Verstand. Es war das

Stumme der Realität, das sich um ihn legte. Er sah Staubpartikel in der Luft schweben, von Photonen getroffen. Er atmete mechanisch. Er war ganz und gar belastet von der Wucht seiner ungesunden und kräftezehrenden Gedanken.

Er betrachtete das Wasserglas auf dem Tisch. Es hatte in keiner Hinsicht irgendeine Bedeutung, vielmehr, und schlimmer: Sein Betrachten des Glases hatte keine Bedeutung, war sinn- und wirkungslos, ebenso wie seine Gedanken und, schließlich, wie er selbst.

Kurios, dachte Philip, wie und wo sich dieser grundsätzliche Zweifel manifestiert: In etwas, das zur Reflektion fähig ist, das die eigene Existenz erkennt, daran zweifeln muss und sich selbst ad absurdum führt. Philip war zum Stillstand gekommen, machte sich so zum Opfer dieser heranströmenden und zermürbenden Feststellung, dieses Paradox: Man muss erst sein, um zu erkennen, dass man schließlich nicht sein kann.

Philip hockte im Sessel, fühlte, wie er an Substanz verlor, wie die Dinge von ihm abrückten, zu ihren eigenen Echos wurden und diese Echos sich wirkungslos verloren.

Sein Herz raste, seine Hände waren klamm.

Ein plötzliches und lautes Scheppern einer Salatschüssel aus Blech hinter der geschlossenen Küchentür rettete Philip aus diesem desolaten Zustand. Der abrupte Schreck war so unmittelbar, dass Philip zurück in die Realität fand, sich wie eine Sprungfeder aus dem Sessel stemmte, sein Arbeitszimmer betrat und in einem Pappkarton zu suchen begann. Er hielt kurz inne, suchte dann aber weiter.

Philip glaubte plötzlich an ein Zeichen, an Planung, an Verwicklung.

Das war etwas Konkretes, etwas, worüber man nachdenken konnte, etwas, was möglicherweise zu einem Resultat führte. Er fand schließlich eine Kassette und steckte sie sich in die Hosentasche. Er fand auch den alten Walkman, legte die Kassette ein, griff nach ein paar Batterien aus einer Schublade und zog sich eine leichte Jacke über. Er verabschiedete sich kurz von seiner Frau, gab das Versprechen, zum Abendessen zurück zu sein und begab sich erneut auf einen Spaziergang.

Noch steckte Philip voller Unsicherheit und misstraute der Energie, die ihn aus dem Hause getrieben hatte. Die Kassette hatte mit den Jahren gelitten, aber Karins Klavierspiel floss ohne größere Anzeichen von Verschleiß durch den Kopfhörer in seine Ohren. Er hatte die Aufnahme all die Jahre aufbewahrt, aber doch vergessen – bis heute.

Der Fremde hatte ihn in der Nacht aufgesucht und ihn auf unerhörte Weise an Karin erinnert. Der gleiche Mann hatte ihn dann später an die eigene Vergänglichkeit und seine diesbezügliche Hilflosigkeit erinnert. Diese beiden Ereignisse standen in Verbindung, nicht nur durch den Fremden und die durch ihn ausgelöste Vergiftung seines, Philips, Gemütszustandes, sondern auch durch die dahinter stehende Motivation. Philip vermutete als den Drahtzieher die Person, die momentan in seinen Ohren eine Sonate interpretierte. Karin musste für die Situation, und seinem Zustand verantwortlich sein. Sie hatte all dies inszeniert. Sie hatte den Kerl auf ihn gehetzt, auf ihn angesetzt. Sie hatte ihn an sich erinnert, an die Endlichkeit des Lebens und daran, dass nur die Liebe, dass nur dieses einzigartige Verlangen die eigene Existenz erträglich macht, dessen Nichtigkeit transzendiert. Und obwohl Philip Karin diese seine Zerrüttung nun zu verdanken hatte, würde er sich ihr ausliefern, würde er sich in ihre Arme werfen, ihr liebend gerne folgen.

In Philips Augen standen Tränen, er war gerührt. Die Musik trug dazu bei, ihre Schönheit, Karins Schönheit, seine Erleichterung. Es würde nicht leicht sein, Lisa diese neue Lage dazulegen, diese neue Wendung in seinem Leben zu erklären, aber es war notwendig, und daher vollbringbar, mit äußerster Überzeugung. Er trennte sich innerlich in diesem Moment von Lisa, ohne Bitterkeit.

Wie stark musste Karins Liebe zu ihm sein, dass sie sich etwas Derartiges ausgedacht und zurechtgelegt hatte. Er, Philip selbst, hatte Karin dringend nahe gelegt, nicht an den Tod, an die Konsequenzen des Todes, an Tote zu denken, nachdem ihre Eltern so kurz nacheinander verstorben waren. Er hatte sie damals aus ihrer Depression gerettet, indem er zu ihr sagte: »Der Tod ist für die Toten, das Leben für die Lebenden. Beschäftige dich nicht mit dem, das wir nicht begreifen können.«

Sie musste sich daran erinnert haben, an die Gefahr, die auch Philip kannte und fühlte. Sie musste davon überzeugt sein, dass sie sich gegenseitig die Erlösung waren. Nur zusammen konnten sie das Leben ertragen, durchstehen, genießen. Es war die alte Idee von der heilenden Kraft der Liebe. Er würde sich nicht wehren, dachte Philip und lächelte. Er schritt gemächlich dahin, schaute sich lebenslustig um, breitete die Arme aus, wie, um die Welt zu umarmen.

Plötzlich war ihm, als würde er verfolgt. In einiger Entfernung meinte er eine dunkel gekleidete, stattliche Person erkennen zu können, meinte, ihr die Absicht ansehen zu können, unscheinbar und zufällig zu erscheinen. Philip ließ sich nichts anmerken, spazierte weiter, und blickte sich bei guten Gelegenheiten schnell um. Wie erwartet sah er die Person, mal weiter entfernt, mal dichter, mal auf der anderen Straßenseite, irgendwie lauernd und intensiv. Philip war beunruhigt, und doch hatte er eine Vermutung, die ihn vor Angst und Schrecken bewahrte. Philip bog um eine Häuserecke und versteckte sich in einem Eingang. Kurz darauf spähte die Person um die Ecke, versuchte, ihm vorsichtig zu folgen, ihm, der irgendwie verschwunden zu sein schien. In dem Moment nahm Philip all seinen Mut zusammen und ergriff den großen Mann und drückte ihn gegen die Hauswand. Philips Vermutung bestätigte sich: Er hatte den Kerl festgesetzt, der ihn zweimal heimgesucht hatte. Diesmal hatte er ihn überrumpelt, diesmal war es an ihm, den Überraschungsmoment zu nutzen. Er rüttelte an dem Fremden, der, obwohl viel kräftiger, sich in sein Schicksal ergab. Philip rief triumphierend:

»Was weißt du von Karin? Wo ist Karin?«

Der andere sah ihn an, sagte aber nichts, vorerst. Philip hielt ihn fest, zögerte, rüttelte dann aber erneut an dem Mantel des Mannes, überzeugt davon, dass dieser genau wusste, wonach er gefragt hatte.

»Heraus mit der Sprache, wo ist sie«, und als der Gefragte wieder nicht antworte, schrie Philip: »Was ist mit Karin?«

Philip ließ den Mann los, trat einen Schritt zurück. Der Mann zog seinen Mantel zurecht und blickte Philip auf eine seltsame, kalkulierende Weise an. Er schien zu einer Antwort bereit, zögerte aber noch, als falle es ihm schwer, die richtigen Worte zu finden, sie sich zurechtzulegen. Er begann: »...Sie ...«, brach aber wieder ab.

Philip rief erwartungsvoll:

»Ja ... Sie ...?«

»Sie ...«, wieder unterbrach er sich, und sagte dann mit seltsamer Vorsicht:

»Sie ... war einmal.«

Philip, überrascht, wiederholte fragend: »Sie war einmal?«. Dann rief er zornig: »Was soll das heißen: Sie war einmal? Was soll das bedeuten?«

Der Mann ließ sich jedoch nicht aus der Ruhe bringen. Er machte ein freundliches Gesicht.

»Ich kenne dich doch«, presste Philip hervor, »ich kenne deine dummen Bemerkungen. Sprich doch bitte deutlich! Ich habe die Nase voll von deinen idiotischen Sprüchen ...« Nun hielt der Mann Philip fest, versuchte, ihn vor zu hastigen Bewegungen zu bewahren. Philip war offensichtlich außer sich. Sein Gemüt hatte gelitten und er war in nervöser Unordnung. Seine gute Laune war umgeschlagen.

Der Fremde sprach jetzt mit einer Mischung aus Gutmütigkeit und Entschuldigung, aber ohne sich des wirklichen Grundes für Philips Aufregung bewusst zu sein:

»Aus bestimmten Gründen ist es nicht angebracht, die Gegenwartsform des Hilfsverbs ›Sein‹ in Verbindung mit dem dritten Personalpronomen Singular in diesem Zusammenhang zu benutzen.«

Aber an Philip glitt dies ab. Er fragte erneut: »Wo ist Karin?«

Er erhielt darauf keine Antwort. Er starrte verstört vor sich hin. Der Mann machte keine Anstalten zu gehen. Die beiden standen sich gegenüber, so als gäbe es zwischen ihnen eine dringend nötige Aussprache. Philip flüsterte nun:

»Was ist mit Karin?«, blickte dann auf, in die Augen des

Fremden, und dies schien ein Erweichen in dem Angesprochenen auszulösen. Er sagte sanft, aber mit eigenartiger Mühe: »Sie starb vor einiger Zeit.«

»Woher weißt du das?«, fragte Philip, aber er antwortete nicht.

Philip konnte nicht klar denken. Es formten sich keine logischen Sätze oder Folgerungen. Er akzeptierte aber die Wahrheit der Worte des anderen ohne Zweifel. Es war die Art und Weise, wie dieser auftrat, dessen eigenartige Manieren und Direktheit.

Es fiel Philip nicht auf, dass er sich von dem Mann wegbewegte, mit unsicheren, ungeplanten Schritten. Er murmelte den letzten Satz des Fremden vor sich hin und entfernte sich. Der Fremde blieb noch eine Weile stehen. Diesmal war es nicht er, der verschwand.

Philips Schuhe mussten den Weg nach Hause gefunden haben. Er selbst war zu keiner planmäßigen Bewegung fähig. Seltsamerweise dachte er zunächst nicht an Karins Tod, sondern an ihre Lebendigkeit. Er erinnerte sich an ihre gemeinsamen stillen Momente. Er hatte Karin damals oft lange beobachtet, hatte ihr bei alltäglichen Beschäftigungen, oder beim Ruhen zugesehen. Sie hatte nichts Ordinäres an sich gehabt, nicht, wenn sie unter sich waren. Es kam dann zu einer Beruhigung, an den guten Tagen. Aber es gab immer wieder den Einbruch des Profanen, von aufgeblasenen Wichtigkeiten und Meinungen. Dann kamen die Schwächen zum Vorschein, die wohl so schwer zu akzeptieren waren. Wie kam es, so fragte sich Philip, dass solche Nebensächlichkeiten das wirklich Fundamentale zu übertönen imstande waren. Wie kam es, dass man sich von der Liebe ablenken ließ?

Aber man durfte die Kraft des Jetzt, des Momentes nicht bezweifeln. Im Nachhinein konnte man die eigenen Entscheidungen, das eigene Verhalten hinterfragen, aber so konnte man nicht leben.

Philip lief mit offenen Augen durch die Straßen, aber er sah nichts. Er hörte die Geräusche des Verkehrs, aber er nahm sie nicht wahr. Unvermittelt dachte er an die Worte des Fremden, an dessen Schwierigkeiten, eine konkrete Aussage zu machen. Es war ihm nicht leicht gefallen, Philips Frage in verständlicher Weise oder zumindest den Umständen entsprechend zu beantworten.

Er schien auf *semantische* Probleme gestoßen zu sein. Er legte offenbar Wert auf eine bestimmte innere Logik des Gesagten. »Sie war einmal« hatte er es formuliert. Und er hatte Bedenken in Bezug auf die Verwendung des Verbs »Sein« im Präsens ausgedrückt. Ein wirklich kurioses Dilemma, vor allem, wenn man jemandem vom Tode eines Nahestehenden berichten muss! Philip lachte verächtlich auf. Was für ein Wichtigtuer, dachte er.

Er umkreiste das wirklich Wichtige, aber langsam erlahmten seine Versuche, sich selbst abzulenken. Er schluchzte auf und lehnte sich an eine Wand. Karin ist tot, wurde ihm bewusst.

Philip wollte nicht nach Hause, aber er wollte noch viel weniger irgendwo anders hin. Er wollte Lisa nicht sehen, von der er sich gerade eben erst abgewendet hatte. Er suchte Trost, aber gerade der Trost war mit Karin verschwunden. Er hatte ihn ja gerade bei ihr gesucht, bei ihr zu finden geglaubt. Nun hatte er nur noch schmerzende Erinnerungen an sie, Erinnerungen, die sie nicht mehr hatte. Denn sie war nicht mehr. Sie war einmal.

Philip stutzte, als er selbst auf diese Formulierung stieß.

Selbst das war noch zu substanziell. Es hatte Karin nie gegeben, jedenfalls nicht mehr für sie selbst.

Seltsam, dachte Philip, dass der Fremde überhaupt Worte hatte finden können. Die Sprache war eben nicht ausreichend, nicht fähig, den Umstand des Todes zu beschreiben. Insofern waren die Menschen auch nicht wirklich imstande, den Tod, das Nichts, zu begreifen. Und kam man dem zu nahe, wie Philip jetzt, dann spürte man das *eigentliche* Grausen. Philip hatte nicht mehr die Kraft, sich dessen zu erwehren. Er setzte sich irgendwo und zitterte.

Geraume Zeit hockte Philip neben dem alltäglichen Gehabe der Straße. Er spürte nichts von seiner unbequemen Haltung. Er trauerte um Karin, und doch war ihm klar, dass Karin wohl nur ein Konzept gewesen war. Er hatte sie viele Jahre nicht mehr gesehen. Und doch war es so, als hätte er etwas sehr Greifbares, Akutes verloren. Ein Konzept nämlich. Das Konzept der Errettung, der Zufriedenheit und der inneren Ruhe. Vielleicht auch der Errettung vor der eigenen Unzulänglichkeit. Er bezweifelte, jemals einen inneren Frieden finden zu können. Hätte er ihn mit Karin gefunden? Wäre es ihnen gelungen, das Wesentliche zu schaffen und das Unwesentliche zu ignorieren? Fraglich, aber nicht ausgeschlossen. Für Philip hatte Karin sich wie ein junges Mädchen angefühlt. Das war sie nicht mehr gewesen, aber für ihn war sie so die Verkörperung der Unendlichkeit. Die Schönheit und die Zeitlosigkeit der Jugend hatte Philip die Vergänglichkeit vergessen lassen. So muss es gewesen sein, dachte Philip. Bewusst war er sich dessen nicht gewesen, und er stellte jetzt lediglich Vermutungen an.

Philip bemerkte, dass er es nicht mehr schaffen würde, von seinem Sitzplatz aufzustehen. Er hätte nicht gewusst, in welche

Richtung er hätte gehen sollen. Es gab nichts zu unternehmen, er konnte nicht Bescheid sagen.

Er fühlte und verstand gleichzeitig die Nutzlosigkeit jeglicher Bewegung, jeglicher Bemühung. Er war allein, war auf sich selbst zurückgefallen, auf die Erkenntnis, dass seine Trauer, das eventuelle Überkommen dieser und jegliche darauf folgende Hinwendung irrelevant waren. Nichts existierte, nur ein kurzlebiges Aufbäumen dieser Erkenntnis gegen sich selbst in Form einer absurden Pein.

Sein Gesicht verkrampfte sich, als ob er einen körperlichen Schmerz ertragen musste. Flüssigkeit tropfte aus seinem Gesicht auf den Boden zwischen seinen angewinkelten Beinen.

Dann bemerkte Philip ein paar Schuhe direkt vor ihm. Er hielt seinen Blick daran fest, und nach einiger Zeit sah er an der Gestalt herauf und flehte sie leise an: »Hilfe.«

Die Gestalt reichte ihm einen Arm, um ihm beim Aufstehen behilflich zu sein und sagte: »Komm …«

Doch noch regte sich Philip nicht. Noch hatte er nicht wieder zu seiner Körperlichkeit gefunden, und der Anblick des ihm bekannten Fremden schürte ein Gefühl in ihm und einen ersten, frischen Gedanken, die ihn daran hinderten, sich aus seinem Hocken zu entlassen. Langsam schüttelte Philip den Kopf und fragte flüsternd und mit traurigem Erstaunen: »Was soll das Alles …?«

Philip empfand Unwohlsein in seinen Kleidern, er fühlte sich von ihnen berührt, sie schienen ihm ein feuchter, unangenehmer Umschlag zu sein. Sein Mund stand halb offen, sein Gesicht war noch immer eine Grimasse.

»Komm …«, sagte der Mann wieder, ging nicht auf die Frage

ein. Philip ließ sich doch aufhelfen, riss sich aber los, kraftlos und eher symbolisch.

»Was soll das alles?«, fragte er erneut, diesmal lauter und aufgebracht. Der Fremde, jetzt sichtlich irritiert, antwortete:

»Was alles? Wovon redest Du?«

Philip rief, zitternd und mit der schwächlichen Wut eines Wehrlosen:

»Was habe ich dir getan? Warum suchst du mich heim? Was hast du davon? Gefalle ich dir so …?«, und er breitete die Arme aus, um Aufmerksamkeit auf seine nun klägliche Erscheinung zu lenken.

»Ich will dir helfen«, sprach der Fremde eindringlich und sanft.

»Helfen?«, brüllte da Philip, und lachte auf, stolperte dabei fast zu Boden.

Dann, wie zu einem unsichtbaren Zuschauer, oder zu sich selbst, neben sich:

»Helfen hat er gesagt. Er will mir helfen. Oh ja, Hilfe habe ich nun nötig, und ich hab ja auch darum gebeten … dank unseres Samariters hier.«

Dennoch wandte sich Philip nicht ab. Er nahm all seine Konzentration zusammen, um sich wieder für sich selbst und sein Dilemma, und den Fremden, interessieren zu können.

Gerade noch war er verloren gewesen, nun könnte sich etwas ergeben, wenn möglicherweise auch nur weitere Häme und Zerstörung. Vielleicht sollte er dem Kerl ein paar Tritte verpassen, mit letzter Kraft. Erst hatte er Philip mitten in der Nacht geweckt, um ihn an Karin zu erinnern, damit er sich wieder in Karin verliebe wohlmöglich. Dann hatte er erklärt, dass diese tot sei, lange schon. Er faselte von Erdbeeren und löste eine Krise aus, eine schwerwiegende, oder nutzte eine Krise zu seinem Vorteil. Aber welcher Vorteil? Vorteil?!

Philip schwankte. Ihm schwindelte. Er war sehr angegriffen. Der Fremde musste ihn stützen.

Sie setzten sich langsam in Bewegung. Der Fremde führte ihn behutsam in weniger belebte Straßen, in eine ruhigere Gegend. Er öffnete Philips Jacke, um ihm frische Kälte zukommen zu lassen. Bald konnte Philip ohne den Arm des anderen gehen, er richtete sich ein wenig auf, atmete ruhiger, sah sich um, und bemerkte um sich herum eine ihm bekannte Parkanlage. Langsam gingen sie weiter, ohne Ziel, ohne Vorhaben, wie Spaziergänger. Sie hatten, seit sie aufgebrochen waren, nicht geredet.

Nun nahm Philip sich ein Herz und brach das Schweigen, das irgendwann gebrochen werden musste, das Schweigen, welches den Grund des gemeinsamen Spazierens kaschierte. Philip dachte bei sich, dass das ruhige Schreiten des Mannes neben ihm nicht darauf hindeutete, dass er etwas verbergen wollte, nicht mal böse Absicht. Möglicherweise war er doch nicht auf einen Vorteil aus. Irgendetwas motivierte ihn schon, er war schließlich zu ihm, Philip, vorgedrungen und hatte ihn anschließend traktiert und verfolgt. Er hatte eine außergewöhnliche Art an sich. Philip wurde nicht aus ihm schlau, aber er ängstigte sich auch nicht. Ein Geheimnis verbarg sich hier.

»Du wolltest mir also helfen, hast du gesagt.«

Das sagte Philip mit all der Beherrschung und Sachlichkeit, die er aufbringen konnte, aber auch fragend, wie ein Neugieriger, nicht wie ein Verzweifelter.

»Ja«, sagte der Angesprochene. Wie um Vorsicht walten zu

lassen, ließ er es vorerst bei diesem einzelnen Wort. Philip musste natürlich nachhaken, er ließ sich aber Zeit damit, um die Sache nicht entgleiten zu lassen, um Beherrschung zu zeigen.

»Und wie muss man mir helfen?«, sagte er schließlich in neutralem und skeptischem Ton.

Wieder zögerte der Fremde auf seine eigenartige Weise, um endlich zu erklären:

»Du bist jetzt alt genug, um dir über das Scheiden aus diesem Dasein Gedanken zu machen.«

»Ach nee …«, platzte es aus Philip heraus, aber er wollte sich sogleich auf die Zunge beißen. Er hatte beinahe mit dieser höhnischen Bemerkung wieder die Fassung verloren, denn ihm war nur oberflächlich höhnisch zumute, innen drin bedrängte ihn diese Aussage sehr, sogleich, wie ein Adrenalinstoß. Er wollte weiterhin sagen, dass er sich sehr wohl schon lange Gedanken über den Tod und die Sterblichkeit gemacht hätte, dass sich wohl jeder früher oder später damit auseinandersetzen muss, dass das nämlich Teil des Mensch-Seins wäre. Aber er hielt den Mund, glücklicherweise, wie er fand. Ihm war danach, gar nichts dazu zu sagen, aber er wollte auch nicht sprachlos erscheinen, und gleichzeitig darauf hinweisen, dass er sich über den eigenen Zustand im Klaren war, dass er nicht den Unbetroffenen vorspielen wollte. Er sagte also:

»Das Scheiden aus diesem Dasein. Du hast wohl Spaß daran, hübsche Umschreibungen für den Tod von dir zu geben …«

Daraufhin sagte der Fremde, und überraschte Philip wieder ungemein:

»Den Tod, wie ihr ihn euch vorstellt, gibt es nicht.«

Geistesgegenwärtig scherzte Philip aber umgehend:

»Na, da bin ich aber beruhigt. Ich dachte schon, ich gehe gerade neben ihm.«

Aber er fragte gleich darauf:

»Was meinst du mit: ›euch‹?«

»Ihr, die ihr euch von diesem so genannten Tod eine falsche Vorstellung macht.«

»Vom Ende des Lebens«, sagte Philip, wie um den Sachverhalt klarzustellen, um das Thema des Gesprächs zu bestätigen.

Der Fremde sagte nichts. Wieder verging eine Weile.

Detektivisch fragte Philip dann aber:

»Hattest du nicht selbst behauptet, Karin ›war einmal‹?«

»Für uns schon«, sprach da der Fremde.

Nun schwieg Philip.

Ihre Schuhe machten scheuernde Geräusche. Sie hatten eine lauernde Regelmäßigkeit, eine Lautstärke relativ zur Stille, die zwischen ihnen herrschte.

»Sag mal«, wollte Philip dann ablenken, »warum all diese Umstände, warum das Versteckspiel und die wilden Bemerkungen?«

Das schien den Fremden zu entrüsten, fand Philip überrascht.

»Nichts, was ich gesagt habe, hast du nicht schon selbst gedacht.«

»Und warum dann diese, hm, freundlichen Erinnerungen an diese Gedanken, die ich dann wohl schon selber hatte?« Philip fühlte hier nun die Oberhand.

»Weil du damit nicht umgehen kannst und keine Verbindungen herstellst.«

»Aha!«, machte Philip, aber ihm wurde dabei nichts klar. Er musste aussetzen, ihm fiel nichts ein. Er war so in die eigene

Taktik des Gesprächs verwickelt, dass ihm nicht unmittelbar sein Unverständnis, seine Perplexität auffiel.

»Die Weichklopf-Methode, was?«, brachte er zustande, mit wackeligem Sarkasmus.

»Eine Art Vorbereitung«, sagte der Mann.

»Schönen Dank«, erwiderte Philip bösartig, aber ihm war sogleich klar, dass er Selbstmitleid dadurch äußerte, Anfälligkeit. Er wollte sich jetzt mehr zusammennehmen.

»Ich will dir helfen«, sagte der Fremde wie eine Feststellung von Tatsachen.

»Na, dann hilf mir mal!« So wollte Philip auf eine gewisse Geringschätzigkeit bestehen.

»Du hast Angst vor dem Ableben.«

»Ich habe nicht nur Angst vor deinem so genannten ›Ableben‹, wie jeder, der einigermaßen beisammen ist, sondern auch davor, was es bedeutet, sterblich zu sein, was es bedeutet, das Bewusstsein zu verlieren, welches man sich mühsam erarbeitet hat. Und das ist noch viel schlimmer, denn wenn man tot ist, denkt man sowieso nicht mehr.«

Philip hatte alles in diese Sätze reingelegt. Er stieß die Sätze hervor, und atmete dann tief durch.

»Dass ich Angst habe, das ist mir klar, dafür brauche ich deine Hilfe nicht«, sagte er patzig und bestand so weiterhin auf seiner Ärgerlichkeit.

Das Gespräch erfuhr eine Pause. Es hatte sich zugespitzt und brauchte diese Pause.

Sie bewegten sich weiterhin nebeneinander. Philip sehr darauf bedacht, nicht zurückzufallen, oder einen Vorsprung zu erlangen. Man hörte fernes Autobrausen, irgendwo ein Flugzeug, Stadtgeräusche. Atmen. Schritte. Rascheln.

Der Fremde sagte:

»Das ist alles eine Glaubensfrage.«

Philip blieb stehen. Dann blieb der Fremde stehen.

Philip stieß die Hände in die Taschen und stöhnte:

»Ich fass es nicht«, kopfschüttelnd, sich selbst geräuschlos auslachend, und wieder:

»Ich fass es nicht.«

Philip hatte mit einem Mal die Macht, den Ernst der Lage zu verneinen. Sein unterschwelliger Ärger machte sich Luft und manifestierte sich lebendig, gab Philip seine eigene Unmittelbarkeit, sein Hiersein, seine Meinungen, seinen Trotz wieder.

»Ist das dein Ernst? Willst du mich verarschen? Ich habe nicht das geringste Interesse an irgendwelchen religiösen Ansichten. Da bist du bei mir so an den Falschen geraten. Angst vorm Tod treibt mich nicht in eure Arme. Du … Blödmann!«

Philip bewegte sich nicht. Er konnte nicht glauben, was sich zugetragen hatte. Gewalttätige Gedanken formten sich in ihm.

»Religiöse Gedanken können ganz nützlich sein«, sagte der Fremde unbeeindruckt, als hätte er mit Philip Reaktion gerechnet.

»Nützlich?«, wiederholte Philip mit zweifachem Unglauben. Er assoziierte, selbst ja ein Atheist, religiöse Gedanken nicht mit dem Adjektiv »nützlich«. Vielleicht beruhigend, oder befriedigend, lebensrettend sogar, aber nicht dieses, eher emotionslose Adjektiv »nützlich«. Und er hatte von diesem Fremden eine erregtere oder irgendwie fundamentalistischere Aussage erwartet. Er hatte sich auf eine Art Predigt vorbereitet, irgendwelche frommen Sprüche, oder ein verletztes Gekeife.

Es blieb dabei, dass er diesen Mann nicht einschätzen konnte.

»Es kommt darauf an, was man glaubt«, stellte dieser fest.

»Was kommt darauf an?«, fragte Philip noch voller Misstrauen.

»In welche Umstände man sich versetzt.«

Philip gab zu, dass er überhaupt nichts mehr verstand. Sie gingen wieder nebeneinander her. Philip war jetzt fast wieder willenlos ergeben. Was auch immer nun noch folgen würde, Philip gab auf und ließ es auf sich zukommen. Selbst wenn es religiöses Geschwafel sein sollte, er hatte sowieso nichts Besseres vor, keine Richtung, keinen Antrieb irgendwohin.

Philip atmete eine Frage aus:

»Willst du mir einen Glauben einreden?«

Er wollte klare Verhältnisse schaffen, endlich Verständnis für die Situation erlangen.

»Ja«, sagte der Fremde fest, aber nicht aufdringlich.

»Welchen?«, fasste Philip nach, endlich am Ziel, so glaubte er.

»Irgendeinen.«

Es klang nicht unbedingt lapidar, aber auch nicht erregt, mit irgendeiner übertriebenen Überzeugung, oder gar scherzhaft. Wieder fühlte Philip eine Bodenlosigkeit, offene Türen, die in Sackgassen führten.

Philip verdaute eine Weile dieses eine Wort. Schließlich riss er sich zusammen und sprach:

»Mein Atheismus sagt dir wohl nicht zu.«

Daraufhin der Mann: »Ich habe nichts gegen deinen Atheismus, aber er führt zu nichts.«

»Ich sehe meinen Atheismus als eine realistische Einschätzung der Lage.« Philip wusste, dass diese Aussage nicht besonders gut formuliert war, aber ihm fehlte die nötige Konzentration, ihm fehlte das Gefühl, wirklich an einem Gespräch, an etwas Gleichberechtigtem teilzunehmen. Ihm war es nun egal, wie er sich anhörte.

»In gewisser Weise verkennst du die Lage«, stellte der Fremde fest. »Die ›Lage‹ ist nicht die Frage, ob es einen Gott oder Götter gibt, oder nicht. Hier dreht es sich um die menschliche Vorstellungskraft.«

»Ich habe beizeiten das Gefühl, dass ich mir sehr wohl zuviel vorstellen kann …«, gab Philip von sich. »Das ändert aber nichts daran, dass ich nicht an eine überirdische Macht oder an eine Nachwelt glaube.«

»Und das ist das Problem!«, stellte der Mann fest.

Philip ging es so, als hätte er etwas Wichtiges, Grundlegendes in diesem Gespräch verpasst, als wäre er einen entscheidenden Moment nicht aufmerksam genug gewesen. Er begriff »das Problem« nicht auf die richtige Weise, wollte ihm scheinen.

»Gut«, sagte er, »ich glaube nicht an überirdische Mächte und die Nachwelt. Gut. Nehmen wir an, das ist das Problem. Dann kläre mich doch bitte auf. Erzähl mir davon. Raus mit der Sprache.«

»Es ist nicht wichtig, an was du glaubst, wichtig ist nur, dass du an irgendetwas glaubst.«

»Warum? Hat das mit meiner Lebensqualität zu tun? Glaubst du, ich funktioniere nicht richtig, weil ich an nichts glaube? Glaubst du, ich muss bekehrt werden, um ein erfülltes Leben zu führen, glaubst du, nur im Schoß eines Allmächtigen könnte man glücklich sein? Es ist doch immer das gleiche …!«. Philip hatte sich wieder aufgeregt. Und so war er wieder nicht auf eine neue Überraschung gefasst.

»Es ist nicht wahr, das du an nichts glaubst.«

«Bitte?« brachte Philip hervor.

»Es ist nicht wahr, dass du an nichts glaubst. Du glaubst an deinen Atheismus und an die Endlichkeit deiner Existenz.«

»Ja«, rief Philip da, »ich glaube an meinen Atheismus. Wenn du mir sagen willst, dass man nichts wirklich wissen kann in seiner menschlichen Beschränktheit, dann stimme ich zu. Wenn du es auf diese philosophische Ebene zerren willst, bitte. Ich gebe zu, nicht zu wissen. Und? All mein Glauben und Wissen ändert nichts an der Tatsache, dass mein Herz irgendwann nicht mehr schlagen wird.«

Der Fremde schaute Philip in die Augen. Erwartend vielleicht? Philip fühlte sich seziert, durchschaut, unverstanden. Sie standen sich jetzt gegenüber, sie waren unwillkürlich angehalten.

»Philip«, sagte dann der Fremde in einem offenbarenden Ton, »dein Glauben führt dazu, dass es für dich nach deinem letzten Herzschlag nichts gibt.«

Man konnte Philips Unverständnis in seinem Gesicht lesen.

»Moment …«, sagte er, es folgte aber nichts.

Philip rang mit sich. Er knete seine Hände. Seine Augen bewegten sich, als läse er etwas.

Ein paar Mal wollte er bereits sprechen, aber er hielt wieder inne und dachte mehr nach.

Schließlich sagte er aber: »Und, deinen letzten Satz mal rein logisch betrachtet, wenn ich ans Paradies glaube, dann lande ich nach dem Tod im Paradies?«

»So ungefähr«, gab der Fremde etwas unwillig zu, was aber daran lag, so schien es Philip, dass wieder eine unbrauchbare Formulierung benutzt worden war.

»Das ist mir zu billig«, rief Philip aus.

»Das ist überhaupt nicht billig!«, behauptete sein Gegenüber.

»Du behauptest, dass genau das eintritt, an das man glaubt?«

»Ja.«

»Egal was?«

»Ja.«

»Woher weißt du das?«, fragte Philip und freute sich über diese Wendung.

»Das ist unerheblich«, sagte der Gefragte.

»Ah, das ist unerheblich. Und warum ist das so unerheblich, wenn ich fragen darf?«

»Weil ich dir helfen will.«

»Wenn du mir helfen willst, dann musst du mich von deiner Hilfe überzeugen. Für leere Phrasen und Behauptungen kann ich mich nicht erwärmen.«

»Es ist wichtig, dass du verstehst, dass dein Glaube das formt, was nach dem Ende deines Lebens hier folgt.«

»Wieso?«

»Weil du dich sonst in nichts auflöst.«

»Nein«, sagte Philip, »wieso formt mein Glauben, was mit mir geschieht, nach meinem Tod?«

»Das ist nun mal so.«

Philip lachte daraufhin.

»Keine gute Verkaufstrategie, mein Lieber«, witzelte er.

Der Fremde brummte miesmutig.

»Aber bleiben wir dabei«, lenkte Philip ein. Er fühlte sich jetzt gestärkt. Vielleicht war es jetzt möglich, diesen Kerl loszuwerden und dabei Oberwasser zu erlangen. Philip verließ sich auf seine Rationalität.

»Wie soll das funktionieren. Ich habe ja schon gehört, dass sich das Leben in aller Eile wie ein Film noch mal vor dem inneren Auge rekapituliert, aber wie soll die eigene, möglicherweise idiotische Vorstellung vom Leben nach dem Tod Einfluss gerade darauf haben, auf dieses hypothetische Weiterleben haben, wenn diese Vorstellungskraft mit dem Tod versiegt?«

»Du machst dir falsche Vorstellungen«, entgegnete der Fremde.

»Ich dachte, es gäbe keine falschen Vorstellungen«, sagte Philip trotzig.

»Es gibt in dem Sinne kein Leben nach dem Tod.«

»Gibt es nicht«, wiederholte Philip, und fragte dann entnervt: »Worüber reden wir hier eigentlich?«

»Du musst dich von dem Konzept ›Tod‹ lösen.«

Philip starrte den Mann nun an. Er suchte nach Worten. Er leckte sich die Lippen. Er holte aus und sprach: »Menschen leben, Menschen sterben. Menschen sind tot. Karin ist tot, wenn ich dich richtig verstanden habe. Für mich ist der Tod ein ziemliches Problem. Meine jetzige Verfassung hat ziemlich viel damit zu tun. Dank auch an dich, der du mich wieder mit der Nase darauf gestoßen hast. Der Tod ist real und bestimmt wohl sämtliches Handeln im Leben. Soweit ich weiß, hat noch jeder das Leben mit dem Tod bezahlt. Er lässt sich keinen durch die Hände rutschen.«

»Du personifizierst den Tod«, stellte der Fremde fest.

»Ist doch egal«, braust Philip auf, »ist doch egal was man draus macht, wie man das umschreibt. Fakt bleibt, dass der Mensch dazu verurteilt ist, zu sterben. Alles vergeht, das liegt wohl in der Natur der Sache. Was soll dieses Gefasel vom Konzept Tod? Das ist doch Drumherumgerede.«

»Nehme einfach an, es gäbe den Tod nicht«, schlug der Fremde vor.

»Das ergibt doch keinen Sinn«, winkte Philip ab. »Was nützt es, die Tatsachen zu verleugnen?«

»Also gut«, sagte dann der andere, »stelle dir vor, mit dem Ende deines jetzigen Daseins gelangst du in einen Zustand, der so bestellt ist, wie du dir ein Leben nach dem Tod vorstellst.«

»Die ewigen Jagdgründe«, schlug Philip vor.

»Gut, die ewigen Jagdgründe.«

»Und wo befinden sich diese ewigen Jagdgründe?«, fordert Philip.

»In deiner Vorstellung.«

»Ich stelle mir diese ewigen Jagdgründe aber nicht vor. Ich habe keine Ahnung, wie sie aussehen.«

»Das ist so«, sagte der Fremde, »weil du nicht an sie glaubst.«

Philip legte wieder eine Pause ein. Er versuchte seine Gedanken zu ordnen.

»An diesem Punkt waren wir schon einmal. Nehmen wir an, nach dem Tod werde ich in … etwas … versetzt, an das ich fest geglaubt habe, Paradies, Himmel, Jagdgründe, wie auch immer. Wie soll das gehen? Entschuldige meine Skepsis, aber ich sehe keine rationale Grundlage dafür. Der Körper kommt zum Stillstand, Gehirnfunktionen versiegen, Kälte, Leichenstarre, Verwesung … An eine Seele glaube ich nicht.«

»Du wechselst in einen Zustand, in dem dies alles unwichtig ist.«

»Wie? Welcher Zustand? Wo?«, bat Philip um Antwort, um eine Erklärung.

»Das ist recht kompliziert.«

»Das kann ich mir vorstellen … Trotzdem, du erwartest nicht, dass ich das verstehe, oder dir folgen kann, ohne weitere Erläuterungen.«

»In dem Moment, in dem der Körper dein ›Bewusstsein‹, dein ›Ich‹ nicht mehr versorgen und erhalten kann, kapselt es sich in einen Zustand ein, der nicht mehr den Gesetzmäßigkeiten dieser Welt unterliegt.« Der Fremde wollte es dabei belassen.

»Weiter!«, forderte Philip.

»Für den Rest der Welt verschwindet diese Persönlichkeit, diese Entität einfach, stirbt, und ist nicht mehr. In Wirklichkeit verlässt sie unseren Raum und unsere Zeit. Sie wird zu einer Singularität.«

Philip schnappte nach Luft. Entweder ihm wurden gerade profunde Neuigkeiten, überwältigende Neuigkeiten, umwälzende Neuigkeiten unterbreitet, oder er hatte es hier mit einem Irren zu tun. Er glaubte an die Aufrichtigkeit des Fremden. Dieser war also entweder vollkommen irregeleitet, oder offenbarte ihm irgendwie geheime Sensationen.

»Du weißt, was eine Singularität ist?«, fragte ihn der Fremde.

»Ja«, sagte Philip, »eine Singularität ist ein mathematisches Objekt, eine physikalische Unmöglichkeit, aber notwendig für physikalische Konzepte.«

»Richtig. Sie ist unendlich klein. Eine Singularität kann nicht in unserem Universum existieren. Sie verschwindet daraus, nimmt nicht am Kontinuum teil. Menschliche Beobachtungen haben die Kraft, die Wirklichkeit zu beeinflussen. Dies geschieht im Moment des körperlichen Endes in einem extremen Maße. In dem Moment kreiert die Vorstellungskraft eine ganze, eigene und interne Realität. Diese ist nicht dem Raum und nicht der Zeit unserer hiesigen Welt ausgesetzt. Insofern ist sie nicht unendlich und grenzenlos, sie ist einfach. Der Tod ist also kein wirkliches Ereignis, es gibt keine Auflösung. Es gibt vielmehr ein Überwechseln, eine Inkarnation in einen Zustand, in eine konkret gewordene Illusion, inklusive des Gefühls der Eigenzeit und des eigenen Raumes. Etwas Vierdimensionales, das nur an sich ist und für uns vollkommen unbemerkbar.«

Philip blickte den Mann stumm an. Er wollte mehr hören. Der Fremde sah ihm die Verwirrung, aber auch die Aufnahmefähigkeit, den Willen zum Verständnis an.

Darum fasste er zusammen: »Der menschliche Geist hat die Fähigkeit, sich das zu schaffen, an das er glaubt. Das manifestiert sich, und er versetzt sich da hinein. Die menschliche Beobachtung ist eine physikalische Kraft, etwas Beeinflussendes, etwas Erschaffendes. Weitere materialistische Erklärungen sind unmöglich. Wichtig ist lediglich, dass der eigene Glaube einen Ausweg aus der Anihilierung bietet.«

Philip begann das Gesagte zu akzeptieren, aber gleichzeitig breitete sich eine erschreckende Leere in seinem Kopf aus. Philip wusste, dass er die Implikationen des Vortrages des Fremden nicht überblickte. Er erschauerte. Hätte er nicht um eingehendere Erklärungen bitten sollen? Aber nein, Philip war nicht einer, der es sich zugestand, den Geist vor Wahrheiten zu verschließen. Wenn es denn Wahrheiten waren. Aber der Fremde machte einen überzeugenden, authentischen Eindruck. Philip fühlte sich nicht verführt. Er glaubte nicht, einem Geisteskranken zugehört zu haben. Etwas in dem Auftreten und dem Wesen des Anderen war eindringlich, klar und aufrichtig.

Philip wurde sich nun wirklich des Problems bewusst. Er erschrak.

Er blickte den Fremden an. Sie standen jetzt an einem kleinen Teich, mit Blättern und Reflektionen an der Oberfläche. Insekten huschten darauf herum, kleine Wellen entstanden hier und da. Keine Menschen waren hier. Es gab keine Enten zu füttern und der Abend nahte. Philip war das recht. Er sah erbärmlich aus, zerknautscht, irgendwie feucht und dreckig. Außerdem befand er sich in einem Zustand der sichtlichen Aufregung.

Etwas enorm Wichtiges geschah. Philip fühlte sich überwältigt, und hilflos.

Er sagte zu dem Mann, mit dem er geraume Zeit gewandert und geredet hatte, das, was ihn nun so grundlegend erschreckte:

»Aber ich glaube an nichts.«

Der andere erwiderte nichts, ließ Philip weiterdenken.

»An was soll ich denn glauben?«

»Denk dir etwas aus!«, sagte der Angesprochene.

Philip war erschüttert. Er stammelte:

»Ich kann doch nicht an etwas glauben, das ich mir eben selbst ausgedacht habe. Das hat doch keine Substanz, das ist doch wertlos. Ich kann nicht an die ewigen Jagdgründe glauben. Ich kann sie mir noch nicht einmal vorstellen. Ich müsste doch alles sofort als Quatsch verwerfen.«

Der Mann schwieg dazu.

»Ich müsste mir selbst etwas einreden. Aber das funktioniert bei mir nicht, ich bin viel zu skeptisch, viel zu rational. Ich kann nicht an Himmel und Hölle glauben, ich bin kein Christ, der sich ins Paradies glauben kann.«

»Viele Christen glauben nicht wirklich an Himmel oder Hölle. Ihr Glaube ist so oberflächlich, dass sich nicht viel, nichts Substanzielles manifestieren kann.«

»Was geschieht dann mit ihnen?«, fragte Philip und meinte den Zustand nach dem Ende des diesseitigen Lebens.

»Sie begeben sich in einen leeren, oder vielleicht rudimentären Zustand. Sie bemerken sich selbst nicht. Nichts Konkretes entsteht.«

»Das ist ja schrecklich«, sagte Philip.

»Das ist es«, bestätigte der Fremde.

»Man muss wirklich und fest glauben.«

»So ist es.«

»Das gelingt mir nie«, rief Philip darauf, froh darüber, mit dem Fremden allein zu sein.

»Ist es Karin gelungen?«, fragt er dann erschrocken.

»Das kann ich nicht wissen«, sagt der Andere. »Ihr Zustand befindet sich nirgendwo in unserer Welt.«

»Karin …«, stöhnte darauf aufgeregt Philip. »Wenn ich fest an Karin glaube, werde ich dann nach meinem Tod mit ihr ein neues Dasein finden …machen …?«

»Möglich«, gab der Fremde zur Antwort.

»Aber sie wäre doch nicht real. Das wäre doch nicht die wirkliche Karin, sie wäre eine Illusion, entsprungen meiner eigenen Vorstellung von ihr.«

»Wie wirklich ist Karin denn für dich jemals als eigenständige Person gewesen? War sie nicht immer eher deine eigene Vorstellung von ihr?«, fragte der Fremde provokant, aber auch als eine Art Angebot.

Philip war dadurch verdutzt, ärgerlich sogar, bedankte sich polemisch.

Dennoch beanspruchte ihn das wahre Problem mehr, als diese gewisse Frechheit des Mannes neben ihm.

»Man muss sich ja selbst überlisten«, murmelte Philip.

Der Fremde begriff, dass Philip sich mit diesen neuen Gedanken beschäftigen musste. Das glaubte Philip zu wissen, denn dieser sagte nichts mehr.

Philip zweifelte zunehmend daran, sich selbst von etwas überzeugen zu können, dass er imstande wäre, an etwas so stark, und doch so naiv zu glauben, dass es eine Art Wirklichkeit erlangen könnte.

Das erforderte eine Abkehr von der Rationalität, die ihm unmöglich erschien.

Er war in seinen Grundfesten erschüttert.

»Ich glaube doch an nichts«, stammelte er.

Der Fremde sagte: »Viel Glück.«

Dann wandte er sich ab, um davonzugehen. Doch er hielt noch einmal inne, drehte sich erneut um, zu Philip. Einige Sekunden verharrte er, lief dann aber überraschend auf Philip zu und stieß diesen ins Wasser. Philip fiel ohne jede Eleganz in den Teich, ruderte während und nach dem Fall, prustete und schrie.

Der Fremde eilte davon. Philip konnte nicht folgen. Er stand bis zur Hüfte im gelbgrünlichen Wasser, nachdem er sich aufgerichtet hatte und zupfte sich Laub und andere nasse Sachen von der durchnässten Kleidung. Dann stiefelte er langsam aus dem Teich, balancierte mit den Armen, kroch ans Ufer und auf den Gehweg. Er schüttelte das Wasser ab, strich sich die triefenden Haare glatt. Der Schock des kalten Wassers hatte die Auswirkung, dass Philip sich umgehend um dieses neue Unwohlsein kümmern konnte. Er wrang soviel Wasser aus seinen

Kleidern wie er konnte und machte sich auf den Nachhauseweg. Natürlich sahen ihm die Passanten, denen er begegnete, an, dass er in Wasser gefallen sein musste, sie sahen ihm aber nicht an, was er in den letzten Stunden durchgemacht hatte. So nahm auch Lisa ihn an der Haustür ahnungslos in Empfang und fragte ihn aufgeregt, was denn passiert sei, wo er gewesen sei, wie es ihm ginge. Philip zog sich aus und duschte lange.

Während er sich die Kälte aus dem Körper spülte, dachte er an den Fremden, der verschwunden war, und wohl, verrichteter Dinge, nicht mehr auftauchen würde. Er dachte an das, was dieser gesagt hatte, an die drei Auftritte, die von ihm initiiert worden waren. Philip war sich darüber im Klaren, dass er den Fremden bei den beiden ersten Zusammentreffen zunächst falsch verstanden, oder ihn zumindest falsch interpretiert hatte. War das auch jetzt der Fall? Wieviel konnte er für bare Münze nehmen? Wieviel davon sollte er wörtlich nehmen? War er an einer Art Spiel beteiligt gewesen?

Philip verneinte dies für sich. Der Fremde war aufrichtig gewesen, wollte helfen, selbst mit dem Schubs ins Wasser.

Aber wie nun damit umgehen, mit diesen neuen Offenbarungen? Was würde sich für ihn daraus ergeben können? Philip war unsicher.

Vorerst fasste Philip aber zwei beträchtliche und ungewöhnliche Vorsätze:

Er würde von nun an an sich selbst nur in der dritten Person denken, und er würde die Begegnungen mit dem Fremden und die damit zusammenhängenden Ereignisse aufschreiben.

Lee Ann

Es ist gegen 8 Uhr abends.

Ich sitze am Tresen der O'Farrell Street Bar im Tenderloin District in San Francisco, Kalifornien. Diesmal befinde ich mich aus geschäftlichen Gründen in San Francisco, für zweieinhalb Wochen – bin aus Hamburg hierher geflogen. Ich habe ein paar Jahre hier gewohnt, kenne mich in der Stadt gut aus.

Sharon, die Besitzerin der O'Farrell Street Bar, ist eine alte Bekannte. Für die Zeit meines Aufenthaltes in der Stadt übernachte ich in ihrem Haus. Sie wohnt dort mit ihrem Ehemann Jason und ihren beiden Kindern.

Sharon ist bereits sehr beschäftigt hinter dem Tresen. Die Bar füllt sich, sie schenkt aus und redet mit jedem, ist für jeden da. Trotz ihrer außerordentlichen Energie und Keckheit ist sie ein ruhender Pol, eine einnehmende Präsenz. Sie ist eher zierlich gebaut, dennoch unübersehbar und, wenn nötig, forsch und rigoros. Ihre überschäumend Laune und ihr ansteckendes Lachen sind bestes Entertainment und tragen sicher nicht unwesentlich zum Erfolg der Bar bei.

Sharon schiebt mir regelmäßig meine Drinks hin, Makers Mark Bourbon und Bass Ale. Ich werde wohl wieder nur ein üppiges Trinkgeld auf den hölzernen, wuchtigen Tresen legen können, denn sie lässt mich nicht für meine Getränke bezahlen.

Eine weitere Bedienung geht mit ihrem Tablett umher, nimmt Bestellungen auf, versorgt die Billardspieler und die an den Tischen sitzenden Gäste. Ihr Name ist Fiona, sie ist Jasons kleine Schwester. Ein echter Familienbetrieb also.

Jason hat die O'Farrell Street Bar selbst renoviert, nachdem die beiden sie gekauft hatten. Er ist ein geschickter Handwerker, und sie haben eine zufällig scheinende Eleganz und eine dennoch zwanglose Atmosphäre geschaffen. Die Musik dröhnt um das Maß der Erträglichkeit herum, Gespräche ergeben einen rauschenden Lärm.

Außer Sharon und Fiona kenne ich niemanden in der Bar, aber es bereitet mir selten Schwierigkeiten, hier in ein Gespräch verwickelt zu werden. Ich erinnere mich, jeweils mit einem Bäcker, einem Banker und einem Künstler stundenlang geredet und getrunken zu haben. In diese Bar kommen alle möglichen Leute. Jene, die in der Nachbarschaft wohnen und schon immer in dieser Bar getrunken haben, lange bevor Sharon sie kaufte und umgestaltete; Leute, die Sharon kennen und deshalb hier sind, und Leute, die in die benachbarten Sexclubs gehen, in denen sie aber keinen Alkohol zu sich nehmen dürfen. Eine interessante und facettenreiche Mischung also.

Heute hängen meine Gedanken jedoch in Hamburg fest, und ich bin froh, mit niemanden reden zu müssen. Ich tausche ab und an mit Sharon ein paar Worte, werde von Fiona ein paar Mal freundschaftlich angerempelt. Ich bleibe den Gästen und Gesprächen, dem Getue in der Bar geistig auf Distanz.

Ich denke an meine Jugend, an die Zeit, in der ich erste ernsthafte, vielleicht tiefergehende Kontakte zu Menschen geknüpft habe, eigene Verbindungen, nicht die bedeutungslosen Kinderfreundschaften und die Beziehungen innerhalb der Verwandtschaft und Nachbarschaft. Ich weiß nicht genau warum, aber ich fühle mich zurückversetzt in die Gefühlswelt eines 16-jährigen. Ich schaue mich in der Bar um und sehe junge Erwachsene zwischen älteren Gästen, alles irgendwie zurechtgemachte Gestalten im Rausch der Nacht, im Balzverhalten, mit alkoholisierter Fröhlichkeit. Daran ist nichts zu beanstanden. Hier werden Kontakte geknüpft, Beziehungen ausgelebt, und möglicherweise ruiniert …

Hier findet man dominante und unterwürfige Charaktere, scheue und aufdringliche, charmante und ungeschickte. Jeder findet hier etwas, oder muss auf eine neue Chance, auf eine noch kommende Nacht warten.

Ich denke daran, wie unerfahren ich selbst damals, als 16-jähriger war.

Natürlich sind keine 16-jährigen in der Bar, das ist hier illegal, aber es kommt mir so vor, als wäre ich von sehr jungen Menschen umgeben.

Ich erinnere mich, wie ich vom zwischengeschlechtlichen Treiben meiner Altersgenossen abgestoßen war, und trotzdem unbedingt daran teilhaben, dazugehören wollte. In sexueller Hinsicht war ich unbeholfen, denn ich hatte Scheu, und Respekt vor jener körperlichen Nähe und Erwartung. Ich sah das nicht als Spiel, Zeitvertreib oder Notwendigkeit an. Natürlich war ich verknallt in das eine oder andere Mädchen. Manchmal ergaben sich Gespräche, Situationen und sogar Küsse, aber ich drängte die Mädchen nicht zu mehr, drängte mich nicht auf, selbst wenn sie vielleicht darauf warteten, selbst drängten und mich damit verstörten. Ich nahm das wirklich wichtig, diese Art der Annäherung, dieses gegenseitige Einlassen auf einander, und war oft enttäuscht von Grobheiten und Albernheiten. Meistens war ich allerdings wirklich zu scheu und vorsichtig, um in unsichere Situationen zu geraten, um mich ungeschickt, und wohl ‚falsch' verhalten zu können.

Als es dann soweit war, dass ich mit einem Mädchen im

Bett lag, war ich überwältigt von der Erfahrung. Nicht so sehr vom körperlichen Kontakt, sondern von dem Umstand, dass ich mich dort aufhalten durfte, in ihrem Bett, an einem Ort, an dem sie so viel Zeit verbracht hatte, an dem sie soviel geschlafen und geträumt hatte, der intim war. Ich spürte ihre Wärme, die hierher gehörte, fühlte die Vertiefung, die ihr Körpergewicht mit der Zeit in der Matratze hinterlassen hatte. Ich sah die Holzmaserung an der Zimmerdecke, die ihr so vertraut sein musste.

Ich durfte sie anfassen, ihre Haut berühren, Reaktionen dieser Haut hervorrufen. Ich empfand ein tiefes Vertrauen, das sich wohl auf meine Naivität, nicht auf die wirklichen Umstände zurückführen ließ, und eine Hingabe, die ich mir herbeiwünschte. Ein ‚richtiger' Beischlaf musste noch eine Weile auf sich warten lassen. Allein das Beisammensein und die gezügelten Zärtlichkeiten reichten mir, schienen mir sicherer für die Kontrolle meiner Emotionen. Meine Vorsicht und meine Genügsamkeit löste Überraschung und Verwunderung aus, aber daran konnte ich nichts ändern.

Meine Liebe zu dem Mädchen war sehr persönlich für mich, fast geheim. Ich rede nicht darüber, und ließ mir nichts anmerken. Auch das schuf Irritation, auch daran konnte ich nichts ändern, und sicherlich trug das auch zum schnellen Ende dieser ersten Liebesbeziehung, Erfahrung bei. Das alles war sehr unmittelbar und eindrucksvoll für mich. Nichts anderes beschäftigte mich. Ich verlor damals alle Beziehung zu meine kindlichen Interessen. Ich wurde zu einem neuen, allerdings noch sehr verwirrten und unfertigen Menschen.

Auch darauf folgende Erfahrungen beinhalteten noch diese Faszination am Zusammenspiel zweier Individuen, die sich aufeinander eingelassen hatten, die sich gegenseitig eine Erlaubnis erteilten, die das Intimste für den anderen öffneten und die eigene Zurückgezogenheit teilten. Das machte es plötzlich wert, zu leben. Alles andere schien mir oberflächlich, durchschaubar und profan. In dem Alter zweifelt man eben an der Welt, nehme ich an, und sucht nach einer greifbaren Wirklichkeit, nach einer eigenen, authentischen Rolle, nach Erfahrungen, die sich lohnen und von einem Besitz ergreifen. Es war befreiend, in den Gedanken der Mädchen die eigenen wieder zu finden, zu begreifen, dass uns gleiche Überlegungen beschäftigten, Überlegungen, die den ‚Erwachsenen' fremd waren, fremd sein mussten.

Noch heute denke ich mit Erstaunen an diese Zeit, an diese Gefühle zurück, mit Trauer und Sehnsucht, vermute ich. Ich empfinde eine gewisse Bitterkeit, wenn ich mir in Erinnerung rufe, wie sich dies alles langsam auflöste und verschwand. Die sexuellen Vorkommnisse verloren mit der Zeit die ihnen eigenen Zauber, ihre Einmaligkeit, ihre möglichen Auswirkungen. Sie wurden zu einer Art Beschäftigung, zu Wettbewerb und reiner Selbstbefriedigung. Man lernte dazu, lernte Tricks und lehrte sie weiter, erlangte Routine, betrog sich und andere um die ursprüngliche Sensation.

Sicher, Spaß hatte man natürlich, aber es bedeutete nicht mehr viel. Man verlor den Respekt vor dem Phänomen der Zweisamkeit während des Geschlechtsverkehrs. Vielleicht galt das für mich mehr als für andere, weil ich am Anfang so viel Wert darin gesehen hatte, so viel Außerordentliches.

Meine eigene Geringschätzung verletzte mich selbst am meisten. Ich bemerkte es nicht. Ich war sexuell zu aktiv dafür. Das lenkte mich paradoxerweise gerade von dieser Erkenntnis ab.

Meine Liebesbeziehungen mit Mädchen währten nicht lange, ich hatte das Gefühl für Zusammengehörigkeit verloren. Ich betätigte mich im Reich der Triebe, das es um mich herum gab. Dieses gibt es überall, gab es in Hamburg, und gibt es hier, jetzt, in San Francisco.

Ich bin unverheiratet. Ich habe keine romantische Bindung, wie man so sagt. Ich bin nicht durch Liebe an jemanden gebunden, obwohl ich noch Liebe für gewisse Mädchen, Frauen in mir trage. Soviel ist noch in mir zurückgeblieben, hat sich in mich eingebrannt. Das wird mir nun, da ich älter werde, klar. Das wird vielleicht vielen ähnlich ergehen, aber ich habe den sprichwörtlichen Hafen nicht gefunden. Ich segle immer noch auf dem endlosen Meer herum, kreuze nur die Wege anderer.

Die Bar ist bis zum Maximum gefüllt. Ich bin froh, einen guten Platz am Tresen zu haben. Sharon hält ihn mir frei, wenn ich aufs Klo muss. Ich bemerke eine typische Leichtigkeit im Kopf. Ich bewege mich lässig, ich lächle, ich folge der Musik mit meinen Fingern am Glas und trinke. Ich habe mir Zigaretten gekauft, obwohl ich eigentlich nicht mehr rauche. Mir ist danach, ein Aschenbecher steht vor mir auf der Theke. Neben mir sitzen zwei junge Frauen und unterhalten sich lebhaft. Ich schnappe nur Brocken auf, zu wenig, um den Gegenstand der Unterhaltung zu begreifen. Eine der beiden sitzt direkt neben mir, und ich müsste mich ihr zuwenden, um sie betrachten zu können. Das scheint mir zu aufdringlich. Die andere sitzt im rechten Winkel zu mir, an der Biegung des Tresens. Ich betrachte sie unauffällig. Sie hat ein schönes Gesicht, dunkles, dünnes Haar, das bis auf die Schultern reicht und von einem breiten Band über der Stirn nach hinten gehalten wird.

Es herrscht kein natürliches Licht in der Bar, aber ich erkenne trotzdem, dass sie um ihre Augen einen blauen Schimmer hinzugeschminkt hat. Sie ist bleich, wohl gepudert, wirkt dadurch sehr ebenmäßig und ideal. Sie hat ein intelligentes Lächeln mit Grübchen. Sie trägt einen engen, dabei unaufdringlichen Pullover. Sie füllt ihre Kleidung aus, sieht kräftig aus, keineswegs übergewichtig. Sie mag vielleicht keine klassische Schönheit sein, aber ich finde sie bezaubernd.

Die beiden lachen viel, nehmen mich nicht wahr, nicht mehr, als jeden anderen in der Kulisse. Sie trinken natürlich, eine raucht, jene, die meine Aufmerksamkeit erlangt hat. Ich hole vorsichtig den kleinen Zeichenblock und einen Bleistift aus meiner flachen Tasche hervor. Ich lege das Papier auf den Tresen, nachdem ich die Getränke und den Aschenbecher beiseite geschoben habe. Noch zeichne ich nicht, ich will unauffällig bleiben. Ich beeindrucke meine Bekannten in Hamburg mit meinen Portrait-Zeichnungen, und verdiene mir damit beizeiten ein wenig dazu. Deshalb kann ich auch die junge Frau mit wenigen Blicken ziemlich genau erfassen, die kleinen Bewegungen in ihrem Gesicht verfolgen.

Ich beginne vorsichtig zu zeichnen. Ich folge mit dem Bleistift ihrer Kopfform. Ich sehe nicht oft auf das Papier, ich schicke meine kurzen Blicke in ihre Richtung, wende mich dann hier und dort hin. Ich ziehe ihre Haarlinie nach, bringe ihre Augen und ihren Mund auf das Blatt. Ich erlebe ihre Eleganz, ihre Jugend, ihre Persönlichkeit mit dem Stift. Ich übertrage ihr Gesicht, ihre Manieren und ihre Laune. Es ist natürlich nicht ganz einfach, sie jetzt und hier zu zeichnen, denn sie bewegt sich und ich bin von Menschen umgeben, die meine Bewegungen behindern.

Ich entschließe mich, ihr Lächeln einzufangen, ihre Grübchen dafür einzuzeichnen.

Ich sehe, dass sie meine Blicke doch bemerkt haben muss. Sie schaut ein paar Mal kurz zu mir herüber, fährt aber fort, mit ihrer Freundin zu reden. Sie lässt sich nichts anmerken, aber meiner genauen Beobachtung entgeht nicht, dass sie sich meiner Aufmerksamkeit bewusst ist. Sie muss zu einer falschen Schlussfolgerung kommen. Ich glaube nicht, dass sie mein Zeichnen bemerkt.

Dann fange ich doch Teile der Unterhaltung auf. Es dreht sich um ein morgiges Ereignis, ein Motorradausflug. Die mir Modell Sitzende wird nicht daran beteiligt sein. Die andere hat jemanden kennen gelernt. Sie weiß nicht viel über ihn. Beide besitzen sie Motorräder, dadurch kam irgendwie der Kontakt zustande. Sie findet ihn cute. Ich muss grinsen. Was für ein blödsinniges Wort. Sie ist ganz aufgeregt, in freudiger Erwartung. Sie hat ein date mit ihm. Und als ob plötzlich die Musik leiser würde und die Gespräche weniger heftig, vernehme ich ihren nächsten Satz mit voller Deutlichkeit: Tomorrow I'll get my pussy cocked!

Irgendwie elektrisiert mich dieser Satz, ich halte im Zeichnen inne, starre mein Bierglas an. Dann meine unbekannte Schöne. Sie lacht herzlich, freut sich für ihre Freundin und trinkt von ihrem Drink. Jetzt schaue ich mir die Frau neben mir genauer an. Sie hat lange, ebenfalls dunkle, aber gewellte Haare. Sie hat eine lange, krumme Nase, ist aber trotzdem sehr hübsch und anziehend. Sie bemerkt mich nicht und redet weiter. Ich schüttle unmerklich meinen Kopf, lache dann über mich selbst und befasse mich wieder mit meiner Zeichnung. Ich bemerke jetzt, dass mein Modell mich lächelnd ansieht, mir ein

Lächeln, so sanft wie ein Pfirsich, schenkt, dass sie kurz, kaum merklich, die Augenlider bewegt, wie ein schneller Gruß oder eine Bestätigung, das ich ihr aufgefallen bin. Ich lächle kurz zurück, fahre dann fort, unauffällig zu sein, und zu zeichnen.

Sie beugen sich zueinander, und ich bekomme nichts mehr von ihrer Unterhaltung mit, höre sie lachen, lauter werden, leiser werden.

Schnell deute ich einen Hintergrund an und schließe damit meine Zeichnung ab. Ich lege den Bleistift aufs Papier, Sharon schiebt mir einen neuen Makers Mark mit Eis hin, ich rufe ihr meinen Dank zu, sie sagt irgendwas lachend.

Ich sehe, wie die vorfreudige Motorradfahrerin dem Objekt meiner Zeichnung einen Schlüsselbund gibt. Dann trinkt sie aus, erhebt sich von ihrem Barstuhl und gibt ihrer Freundin einen Kuss auf die Wange.

Sie verabschiedet sich also.

Meine Schönheit setzt sich sogleich neben mich, ihr Platz wird umgehend von einem anderen Gast besetzt. Wir sehen uns an und lächeln. Sie hat bemerkt, dass Sharon und ich gute Freunde sind, und sie ist auch kein gänzlich unbekannter Gast für Sharon, wie ich feststelle, als sie bei Sharon ein weiteres Getränk bestellt.

Wir tauschen Belanglosigkeiten aus. Wir fragen uns gegenseitig, woher wir kommen. Sie lebte früher in San Francisco, ist aber vor kurzem nach Marin County gezogen, auf die andere Seite der Bay. Ich verrate, dass ich nur zu Besuch in San Francisco bin. Auf eine entsprechende Frage machen ich jedoch klar, dass ich die Stadt sehr wohl kenne. Ich erzähle ihr, wie ich Sharon kennen gelernt habe.

Sie verrät mir ihren Namen, und ich schreibe ihn schnell

auf den unteren Rand der fertig gestellten Zeichnung. Sie bemerkt das Blatt und nimmt es in die Hand. Sie ist erstaunt und sagt: This is beautiful. Ich entgegne: This is you. Welch klassische Szene, denke ich bei mir, lächle sie an und berühre sie freundschaftlich an der Schulter. Sie macht mir weitere Komplimente bezüglich der Zeichnung und meines Talents. Ich winke natürlich ab.

Sie dreht sich zu mir, unsere Beine berühren sich, reiben aneinander. Die Drinks benebeln uns nun zunehmend. Ich rauche viel und weiß, dass ich einen schweren Kopf haben werde, morgen.

Es wird jetzt gegen 11 Uhr sein. Die Bar lebt und bebt. Es ist so voll, das wir aneinander gedrängt werden. Sie hakt sich bei mir ein und wir rücken dicht zusammen. Sie gibt mir schnell einen Kuss. Ich fühle eine nervöse Aufregung. Ich bemerke einen beschleunigten Herzschlag. Ich lache unkontrolliert, lehne mich dann zu ihr und küsse sie fest. Noch eine Weile sitzen wir dicht gedrängt und reden, trinken noch, scherzen mit Sharon, scherzen mit Fiona, wenn sie sich an uns vorbeibewegt. Jason ist plötzlich da und begrüßt mich herzlich. Er will mir ein Bier bestellen, ihm fällt nicht auf, wie lächerlich das ist. Seine Frau füllt mich umsonst ab, ich leide wahrlich keinen Mangel...

Meine Schöne erhebt sich von ihrem Stuhl, will wohl zur Toilette, denke ich, ein hoffnungsloses Unterfangen, will mir scheinen. Aber stattdessen zieht sie mich von meinem Sitz und durch die dichte Menge in Richtung des Ausgangs. Dann stehen wir in der kühlen Nacht vor der Bar, halten uns an der Hand und rauchen. Andere Gäste stehen um uns herum, und die Bettler und Verrückten des Tenderloin. Wir wehren Fragen, Bitten und Forderungen ab. Wir gehen los, schwanken und klammern uns aneinander. Ich weiß nicht, wohin es geht. Ich halte sie kurz auf und küsse sie. Sie ist gut zehn Zentimeter kleiner als ich, stellt sich auf ihre Zehenspitzen und küsst mich. Unsere Zungen spielen miteinander. Wir halten unsere Zigaretten von unserer Umarmung fern.

Wir bewegen uns auf der O'Farrell Street in Richtung Market Street. Keine besonders einladende Gegend. Zwielichtige Gestalten lungern herum, mit eigenartigen Anliegen und Angeboten. Die Straße ist laut, wir witzeln und gackern. So wehren wir unwillkürlich aufdringliche Menschen ab. In dieser Gegend gibt es viele heruntergekommene Häuser. Einige sind zu billigen Hotels, eher Absteigen geworden, einige verrotten um die Mieter herum, andere wurden aber auch gründlich renoviert und bieten guten Wohnraum. Natürlich entsprechend teurer, aber immer noch erschwinglich, weil sie sich im Tenderloin befinden. Leute, die hier wohnen, halten sich nur vorübergehend in der Stadt auf oder finden bald Besseres in teureren Nachbarschaften. Es gibt hier viele Berufsanfänger, eine paar Studenten, aber dann wieder Unruhige und Heruntergekommene in billigen, maroden Löchern.

Wir gehen kurz eine steile Straße herauf, bevor sie ein schweres Metallgitter und die wuchtige Haustür eines Mietgebäudes mit den Schlüsseln öffnet, die ihr die Motorrad fahrende Freundin in der Bar gegeben hat. Wir steigen ein düsteres Treppenhaus empor. Das Haus macht einen unerwartet gepflegten Eindruck für diese Gegend. Unter uns fällt die schwere Tür ins Schloss. Wir kichern. Sie öffnet die Wohnungstür, wirft die Schlüssel auf den Holzfußboden und öffnet die Fenster. Die Wohnung scheint vollkommen leer zu sein. Nicht einmal Vorhänge sind an den Fenstern. Es riecht nach frischer Farbe. Meine Begleitung öffnet den Kühlschrank, aber er ist nicht angeschlossen und vermutlich ebenfalls leer. Wir stehen im größten Zimmer und rauchen. Durch die geöffneten Fenster dringen der Stadtlärm, das künstliche Stadtlicht und eine angenehme Brise. Sie zeigt mir die ganze Wohnung. Ich entdecke ein gemachtes Bett in einem Zimmer. Es ist das einzige Möbelstück in der gesamten Wohnung. Ich trinke Wasser aus dem Wasserhahn. Ich erinnere mich an den Geschmack des Leitungswassers in San Francisco.

Ich sehe durch eine geöffnete Tür, dass sie sich entkleidet. So ziehe ich mich ebenfalls selbst aus. Wir bereiten uns vor, legen zum Schluss den Rest unserer Verlegenheit ab.

Wir haben kein Licht in der Wohnung angeschaltet, aber die nächtlich leuchtende Stadt lässt keine Dunkelheit zu. Unsere Körper sind in dem Bereich zwischen Grautönen und Fleischfarben. Wir reflektieren bunte Lichter. Es entsteht keine unangenehme Stille. Es ist laut um uns herum. Es ist fast so, als befänden wir uns im Freien. Sie ist angenehm warm, ihr Körper hat eine schöne Festigkeit. Wir stehen beieinander und beginnen uns zu erregen. Bald legen wir uns auf das Bett, wir schlagen es nicht auf, benutzen die Decken nicht. Wir sind nun so dicht beieinander, dass ich sie hören kann. Ich höre sie atmen, rascheln, höre ihre Haut, intime Geräusche.

Wir handhaben uns, schmecken uns. Bald packen wir fordernd zu und folgen offensichtlichem Verlangen.

Ich reibe mich schwitzend an einer Fremden. Wir sind so eng beieinander, wie man sonst nur Leuten in einem vollbesetzten Bus ausgesetzt ist. Wir sind nackt und klammern uns aneinander, zucken zusammen. Es spielt dabei wohl keine Rolle, dass wir uns nicht kennen. Ich bin plötzlich wieder erstaunt über diese Art Nähe. Ich habe den Namen dieser Frau bereits vergessen. Ich würde wahrscheinlich ihr Gesicht nach Jahren sofort wieder erkennen, aber ich kann mir Namen nicht merken. Ich habe nicht die geringste Ahnung, was sie mit ihrem Leben anfängt, was ihr wichtig ist, was nicht, welche Pläne sie schmiedet.

Ich versuche, ihr in die Augen zu sehen. Aber sie sind geschlossen. Ihr Gesicht bewegt sich im Rhythmus.

Wir sind lange beschäftigt, und irgendwann rutschen wir auf den Decken vom Bett, lachen, und machen auf dem Fußboden weiter.

Dort, auf den zerknäulten Decken, wache ich am Morgen auf. Die Wohnung macht jetzt einen wirklichen kahlen Eindruck. Die Wände sind weiß und leer, keine Spuren von ehemaligen Möbeln. Keine Spuren der Bewohnung.

Die Unbekannte hat die Laken des Bettes glatt gestrichen und die Kissen ordentlich hingelegt. Sie hat die meisten Fenster geschlossen und die Wohnung verlassen. Ich lege die Decken aufs offenbar brandneue Bett und ziehe sie, so gut es geht zurecht. Ich spüre noch den Alkohol in meinem Blut. Ich gehe in die Küche und trinke Leitungswasser. Dann setzte ich mich auf das wieder einigermaßen gemachte Bett und schaue aus dem Fenster. Ich erinnere mich, dass diese Wohnung ihrer Freundin gehört, dass diese hier in wenigen Tagen einziehen wird. Nur dieses gerade erst gekaufte Bett hat sie bereits hergebracht.

Ich bin nicht mehr müde, funktioniere aber mit einer eigenartigen Energie, einer Mischung aus Alkohol, dem Fehlen irgendeines Zeitdrucks und den Erinnerungen an die Nacht, soweit ich diese noch besitze. Ich habe nur leichte Kopfschmerzen, aber der Gedanke an Zigaretten bereitet mir Übelkeit.

Draußen ist ein sonniger Tag, tiefblauer Himmel, und der notorische Lärm. Ich finde meine Sachen und kleide mich an. Die Uhr in meiner Tasche verrät mir, dass es kurz vor zehn ist. Ich habe keine bestimmten Pläne, die mich zur Eile bewegen könnten. Ich fahre mir mit den Händen durch die Haare. Ich frage mich, wie ich wohl aussehen mag und suche das Badezimmer. Ich schaue in den Spiegel. Natürlich habe ich rote, wässrige Augen, und ich müsste mich rasieren, aber ich sehe noch ganz passabel aus. Dann entdecke ich ein braunrotes Herz auf dem Glas, gemalt mit einem Lippenstift. Ich berühre es mit dem Zeigefinger. Es ist frisch, nicht angetrocknet. Ich lächle. Ich lächle mich an und ziehe eine Grimasse. Sie hat mich schlafend gesehen, auf dem Fußboden und den Decken ausgestreckt, denke ich, während sie ihre Abendbekleidung wieder angezogen hat. Ich finde es jetzt schade, dass ich mich nicht an ihren Namen erinnern kann. Dann fällt mir ein, dass ich ihren Namen unter die Zeichnung geschrieben habe. Mit einer gewissen Beunruhigung gehe ich zu meiner Tasche und finde meine Ahnung bestätigt: Ich habe den Zeichenblock in der O'Farrell Street Bar liegengelassen. Ich hoffe, dass Sharon ihn gefunden und gerettet hat.

Die Bar öffnet um zwei Uhr nachmittags. Ich habe also noch einige Stunden totzuschlagen, bis ich mir die Zeichnung wiederbeschaffen kann. Ich trinke noch einmal Wasser und sehe mich in der Wohnung um, um nichts zu vergessen, und um zu sehen, ob die schöne Fremde noch etwas hinterlassen hat. Dann entscheide ich mich, die Wohnung endlich zu verlassen, ich möchte nicht von ihrer Freundin überrascht werden. Sie hat offensichtlich nichts dagegen gehabt, dass wir ihre Wohnung und ihr neues Bett benutzen, schließlich hat sie meiner Namenlosen ihre Schlüssel bereitwillig gegeben, vielleicht sogar angeboten und sie damit ermutigt. Ich brauche keinen Schlüssel, die Tür verschließt sich hinter mir selbst. Allein gehe ich die Treppen runter, meine Schritte hallen laut im Haus. Das Metallgitter knallt zu und ich stehe auf der Straße mit ihrer grellen Helligkeit und Geschäftigkeit.

Ich entschließe mich, in die Polk Street zu gehen und zu frühstücken. Ich esse ein paar Spiegeleier auf Toast und trinke Kaffee. Ich beobachte die Leute. Bereits um diese Uhrzeit ist viel los in der Polk Street. Es gibt einige Cafés und Restaurants, die ihre Tische und Stühle auf den Gehweg stellen. Leute sitzen dort im Sonnenschein herum und lesen Zeitung. Aber an den Ecken und an den Häuserwänden stehen oder liegen ausgebrannte Gestalten. Viele von ihnen zu jung, um in der Bar einen Drink kaufen zu dürfen. Polk Street ist ein Strich und ein Drogenmarkt.

Es gibt hier viele Second-Hand-Läden von unterschiedlicher Qualität. Das macht für mich den Reiz dieser Straße aus.

Kurz vor Mittag entschließe ich mich, in den Acorn Buchladen zu gehen und zu stöbern. Aber bald ist mir wieder nach Sonnenschein. Zurück auf der Straße frage ich mich, ob ich mir etwas zu trinken kaufen sollte, irgendwo ein Bier trinken sollte, aber ich entscheide mich dagegen. Die Party ist vorbei, ich sollte ausnüchtern. Ich setze mich in ein Cafe und bestelle ein Stück Kuchen. Ich denke an die Zeichnung. Ich hielt sie für gelungen. Ich erinnere mich genau an das Zeichnen, an den Prozess, an die Linien und Schattierungen. Ich sehe ihr Gesicht vor mir, ihr sinnliches Lächeln, ihre geschickt geschminkten Augen, ihr sprechender Mund. Ich sehe sie, wie sie in der Bar sitzt, sehe ihre Kleidung, ihre Art. Ich sitze einige Meter von ihr entfernt, beobachte sie nur, genieße ihren Anblick, denke nicht im Mindesten daran, sie anzusprechen, sie zu berühren, zu küssen, sie unbekleidet zu sehen oder etwa mit ihr zu schlafen.

Das hat sich dann aber doch ergeben.

Alles, was ich davon behalten kann, ist die Zeichnung - mit ihrem Namen darauf. Ich bin mir sicher, dass ich diese junge Frau nicht wiedersehen werde. Meine Reise neigt sich dem Ende zu, ich fliege übermorgen in aller Frühe Richtung Europa. Morgen hat Sharon wie üblich an diesem Wochentag zwei Djs in der Bar. Damit habe ich nichts im Sinn. Die Atmosphäre ist eine vollkommen andere. Es wäre auch fraglich, ob die Unbekannte wiederkommen würde, ob sie mir wiederbegegnen möchte, für mich die Golden Gate Bridge überqueren würde.

Ich werde ungeduldig. Ich möchte weg vom Tenderloin, vielleicht in den Golden Gate Park, oder zum Ocean Beach. Mir ist hier jetzt zuviel Lärm, zu viele Menschen. Ich muss noch eine Stunde warten. Ich kann keinen Kuchen mehr essen. Ich lache über mich selbst. Dann bin ich einer von denen, die Zeitung lesen.

Ein Blick auf die Uhr sagt mir dann, dass es bereits halb drei ist. Erfreut lege ich die Zeitung sorgfältig zusammen für den Nächsten. Ich gehe die drei Blocks runter zur Ecke Larkin und O'Farrell. Die Tür der Bar steht offen. Innen ist es überraschend dunkel, kraftlose Lichter sind kein Vergleich mit der Intensität des Sonnenscheins am frühen Nachmittag in San Francisco. Es riecht nach kaltem Zigarettenqualm und schalem Bier. Mir wird mein Zustand bewusst.

Ich kenne diese Bardame nicht. Sie arbeitet wohl nur tagsüber. Zwei Personen sitzen bereits am Tresen und gucken fern. Ich lehne mich auf das Holz und warte auf die Frau, die noch dabei ist, die Bar fürs Geschäft vorzubereiten. Sie kommt schließlich zu mir und ich kann sie nach meinem Zeichenblock fragen und komme mir dabei etwas blöde vor, aber sie weiß anscheinend sofort, worum es geht. Ich bin erleichtert.

Sie sagt, sie hätte den Zeichenblock hinter dem Tresen gefunden, dort, wo die Fundsachen von Sharon aufbewahrt werden. Und sie hätte ihn gerade erst einer Frau ausgehändigt, die danach gefragt hätte. Ich blicke sie überrascht an und frage nach. Ja, eine Frau kam gleich zur Öffnungszeit in die Bar und bat um den Zeichenblock. Ich frage nun lauter, sie habe also irgendeiner Fremden meinen Zeichenblock gegeben? Ich werde ärgerlich. „That was mine", rufe ich, und errege die Aufmerksamkeit der beiden Typen.

Woher sollte sie das denn wissen?

Man könne doch nicht irgendwem irgendwas einfach so aushändigen!

Nun, entschuldigt sie ihr Verhalten, die Frau hätte gewusst, dass der Zeichenblock hier war, und so hätte sie angenommen, alles hätte seine Richtigkeit.

Was denn daran so wichtig sei? Ich winke ab. Es hat keinen Zweck.

Die schöne Unbekannte ist mir zuvorgekommen und hat die Zeichnung geholt. Nun würde sie für mich namenlos bleiben. Vielleicht würde sich Sharon daran erinnern, mit wem ich mich unterhalten hatte, aber Sharon sieht jeden Abend unzählige Gäste, ein permanentes Kommen und Gehen. Unwahrscheinlich, dass sie sich gerade an die eine bestimmte Person erinnerte. Und ich hatte keine Lust, sie zu fragen. Das war allein meine Angelegenheit, diese unvollständige Erinnerung, diese leeren Hände.

Resultate

Meine Bemühungen haben endlich das erwünschte Resultat erbracht. Über zwei Jahre habe ich Bücher studiert, Pläne gezeichnet, improvisiert und hantiert. Eine aufopfernde Arbeit.

Ich muss zugeben, dass die wissenschaftlichen Erkenntnisse und Ideen nicht von mir stammen, dass ich viele theoretische Vorgehensweisen studiert und mir das Nützliche angeeignet, dass ich Methoden anderer aufgegriffen habe. Aber ich habe mich – eigeninitiativ, selbst und allein – daran gemacht, mit geringen Mitteln und viel Entbehrung, eine Zeitmaschine tatsächlich zu bauen. Es ist eben nicht eine Frage von edlen Werkstoffen, teuren Verfahren und Horden von jungen Universitätsabsolventen, ein so unwahrscheinliches Gerät herzustellen, sondern eine Frage reiner Willenskraft, Ausdauer und unorthodoxem, zielbewusstem Herangehen.

Das »Wie« ist nicht mehr von Belang. Ich habe es geschafft: Ich bin in die Vergangenheit gereist. Und, wie es scheint, bin ich präzise genau dort – oder besser: dann – angekommen, wie ich es geplant hatte. Und das war beinahe komplizierter, als der Bau der Maschine selbst. Es ist nicht so leicht wie man denkt, sich wirklich genauestens der Vergangenheit zu entsinnen, auf die Stunde, selbst auf die Minute genau. Mir war klar, dass meine Zeitmaschine lediglich ein einziges Mal funktionieren würde. Mein Vorhaben verlangte und verlangt totale Kontrolle des Apparates und der Umstände. Eine ungenaue Kalkulation kann ich mir nicht erlauben.

Und jetzt gehe ich auf dem Fahrradweg jener sonnenbeschienenen Landstraße meinem Ziel entgegen, in der Hoffnung, dieses nicht doch durch unzureichende Erinnerungen und Berechnungen zu verfehlen.

Es ist ein lauwarmer Tag, fast schwül. In dieser frühen Nachmittagsstunde bewegt sich nicht viel, wenige Autos kündigen sich rauschend, lauter werdend an, rasen vorbei und nehmen ihre Geräusche hinter den nächsten, sanften Hügel mit. Der Kreis Stormarn hat eine lang gestreckte, seichte Wellenform, eine Topografie, die man wahrscheinlich nur mit dem Fahrrad tatsächlich erfahren kann. Eine gewisse Abgeschiedenheit und offenes Gelände begünstigen mein Vorhaben.

Kühe muhen träge auf den von Knicks unterbrochenen, weitgestreckten Wiesen, irgendwo nörgelt ein Trecker über die Felder. Soweit stimmt alles. Hinter dem nächsten Wellenkamm der Straße, in einer ausgedehnten Kurve, wird das Auto auf dem Grünstreifen zwischen dem Asphalt der Straße und dem brüchigen und rissigen Fahrradweg stehen. Ich bin aufgeregt, und das ist verzeihlich.

Ich bin lange nicht mehr hier gewesen. Doch, denke ich sogleich, das stimmt nicht. Jetzt bin ich hier, und das sogar zweimal. Es ist alles eine Frage der Zeit, des Timings.

Jetzt sehe ich das Auto tatsächlich! Es hockt da, wo ich es vermutet habe, aller Kraft beraubt, an der Straße schwer ausgerollt, ein Opfer seines Fahrers. Dieser lehnt, ich sehe das schon von weitem, lässig, aber etwas ungehalten am Kofferraum des verrottenden Opel Admirals. Eine dürre Gestalt, dunkel und dünn bekleidet und trotz der sommerlichen Temperaturen in Stiefeln. Die Sonnenbrille steckt in den ungeordneten Haaren, der Blick ist auf die Hände gerichtet, die eine Zigarette drehen. Hin und wieder sieht er auf, beobachtet die Straße. Er will per Anhalter in den nächsten Ort, zur nächsten Tankstelle. Einen Reservekanister hat er nicht in der Hand – so etwas führt er natürlich, in seiner Gedankenlosigkeit, gar nicht im Wagen mit. Er hat mich, eine daherschreitende Person, bereits entdeckt, schenkt mir aber noch keine Aufmerksamkeit. Die Zigarette ist fertig gedreht. Er raucht sie jedoch nicht sofort, sondern steckt sie in den Tabaksbeutel und diesen in die Hemdtasche.

Wieder sieht er auf und nun beobachtet er mich für einen Moment. Seine Augen sind nicht die besten; er kann mein Gesicht noch nicht richtig erkennen. Er beurteilt die Art und Weise, wie ich ihm entgegenkomme, wie ich mich bewege.

Ich habe versucht, mich auf diesen Moment vorzubereiten. Ich wollte auf diesen Anblick gefasst sein. Das, was ich sehe, sollte mich nicht überraschen. Dennoch fährt mir der Schreck in die Glieder. Etwas Unglaubliches wird sich ereignen! Etwas, an das ich mich natürlich nicht erinnern kann, das noch nicht stattgefunden hat. Doch nun wird es, was immer es ist, doch geschehen. Es ist nicht abzusehen, was sich dadurch verändern wird. Aber ich will die Vergangenheit verändern, nur ein wenig, aber wohlmöglich, hoffentlich, folgenreich. Ich habe nicht viel Zeit, eine Reise in die Vergangenheit ist knifflig und bringt viele Beschränkungen mit sich. Ich muss bald zurück an den Ort, an dem ich die Zeitmaschine versteckt habe, zwischen Büschen und Gestrüpp in einem unansehnlichen Stück Wald nicht weit von hier. Mir wird ganz heiß, ich bin verkrampft. Ich komme mit einem verkniffenen Gesicht daher, weiter auf ihn zu. Er merkt jetzt, dass ich kein gewöhnlicher Spaziergänger bin, sondern es wohl irgendwie auf ihn abgesehen habe. Noch trennt uns mindestens ein Steinwurf. Ich werde nicht langsamer. Er wendet sich zu mir, nicht feindselig, eher abschätzend. So habe ich ihn mir vorgestellt, lässig, voller Sorglosigkeit und Leichtigkeit, ja Zügellosigkeit. Dass ihm das Benzin ausgegangen ist, kann ihn nicht wirklich belasten. Sowas kommt vor und ist lediglich eine unpassende, zufällige Störung. All seine Vorhaben und Neigungen haben nur geringe Dringlichkeit, sind provisorischer Natur, beinah scherzhaft. Arroganz kann ich nicht entdecken, nur etwas Bewertendes, respektlos Selbstsicheres und ein generelles Unbeteiligtsein. Mein Näherkommen alarmiert ihn nicht, er fürchtet höchstens in seiner Ruhe und Stimmung gestört zu werden. Ich könnte vielleicht eine lästige Frage oder Bitte an ihn richten. Ich bin für ihn nicht von Nutzen, da mich nicht in einem Auto nähere.

Nicht, dass er abweisend wirkt, vielmehr ist er distanziert, mit verschränkten Armen und taxierendem Blick. Er hat mich noch nicht erkannt, scheint aber neugierig. Er schaut weg, dann doch wieder hin. Ich bin fast bei ihm und gehe mit forschen Schritten. Ich weiche ihm und seinem maroden Auto nicht aus, halte auf ihn zu.

Das Auto wird nicht mehr lange fahren, es wird bald endgültig versagen und auf einem Schrottplatz enden, weil sein Besitzer nicht genug von Autos versteht und durch seine Ignoranz dessen Ende beschleunigt. Erst später wird er anfangen, an Autos herumzubasteln, aber nie genug Interesse entwickeln, um über halbherziges Wiederherstellen der Fahrfähigkeit hinauszukommen. Ein Auto zu haben ist wichtig für ihn, aber sich darum richtig zu kümmern ist ihm lästig.

Erkennt er mich schon? Ich mache noch ein paar letzte Schritte, dann stehe ich vor ihm, nur ein Meter trennt uns. Ich schaue grimmig, meine Kiefer sind zusammengepresst, meine Lippen pressen sich vor. Ich atme schwer, meine Augen funkeln sicherlich. Er kennt all die Dinge, die sich in meinem Gesicht abspielen, den Ausdruck, die Eigenheiten. Er lächelt fein, hebt neugierig, vielleicht auffordernd die linke Augenbraue. Er ist jung, unerzogen und hat wenig Ahnung, aber dumm oder phantasielos ist er nicht. Er scheint die Situation nicht nur umgehend zu begreifen, sondern auch unerschrocken. Dann geht alles schnell. Wie ich es mir vorgenommen habe, versetze ich ihm eine kräftige Ohrfeige. Ich bin es nicht gewohnt, jemanden zu schlagen, bin ungeübt darin. Ich bin wütend, aber nicht hemmungslos. Ich schlage so gut ich kann. Es klatscht laut und sein Kopf fliegt zur Seite, die Sonnenbrille vom Kopf. Alles geht schnell, wie gesagt, und doch auch verlangsamt, ist genau nachzuverfolgen. Mit dem Schwung, mit dem er den Kopf wieder in meine Richtung dreht, mit dem er sich wieder gerade richtet, holt er aus und schlägt zurück. Wir sind natürlich beide Linkshänder.

Ich spüre den Schmerz der Ohrfeige gar nicht richtig, noch nicht, eher empfinde ich Überraschung. Wir stehen uns schnaufend gegenüber, beide mit geröteter Wange. Zähneknirschend.

Mehr kann ich nicht tun. Ich hatte in Erwägung gezogen, mit mir zu argumentieren, mich anzuschreien, mir eine Szene zu machen, mich ernsthaft zu verletzen, gar zu töten, (das aber nur kurz, im Zustand höchster Wut). Ich hatte mich schließlich für die Ohrfeige, für eine belehrende, aufrüttelnde, ja nötige Ohrfeige entschieden. Ich wollte mich danach umdrehen und verrichteter Dinge davon gehen, vielleicht sogar voller Stolz und mich nicht noch einmal umsehen. Ich hätte mich mit schmerzendem Gesicht, Schmach und vielleicht sogar Reue zurückgelassen, mit dem leeren Tank auf der öden Landstraße. Ich habe nicht damit gerechnet, dass ich sogleich zurückschlagen würde, gar könnte. Mein jüngeres Ich hat mir entweder einen Strich durch die komplizierte Rechnung gemacht, hat schnell begriffen und sich nicht auf mein Vorhaben eingelassen, oder es hat einem Instinkt gehorcht. Ich war damals, wie jetzt, keineswegs geübt im Schlagen oder Zurückschlagen. Wir mussten uns beide überwinden. Eine wirklich persönliche Sache, denke ich mit einem Anflug von bitterem Humor. Doch meine Wut ist noch da, nun begleitet von Beleidigung und dem Gefühl, missachtet und, nochmals, betrogen worden zu sein. Ich drehe mich um und haste davon. Was könnte ich tun? Mich mit mir prügeln, mich entschuldigen, mich weiter zu einem Trottel machen. Meine Gedanken sind in Unordnung. Ich drehe mich doch noch einmal um, schaue zurück. Ich habe die Zigarette jetzt angezündet und lehne wieder am Wagen, schaue mir nach. Will ich gar winken …? Ich eile weiter, folge der langen Kurve den seichten Hügel hinauf und hinab, sicher, dass ich mich nicht mehr sehen kann.

Zurück in meiner Gegenwart.

Ich bin in den Wald gelaufen, habe mich durch das Gehölz gewühlt, bin in die Zeitmaschine gesprungen und zurückgereist. Wie ich erwartet hatte, löste sich die Zeitmaschine dann in Rauch auf. Nichts als ein dunkler Fleck blieb von ihr übrig.

Das war sie also, meine Reise in die Vergangenheit, mein Besuch bei mir selbst. Ich horche in mich hinein. Was für Veränderungen, welche Konsequenzen haben sich aus diesem Vorkommnis ergeben?

Natürlich gab es die berechtigte Frage, ob sich überhaupt etwas ändern würde. Sicher ist, dass ich mich nun an die damalige Begegnung erinnere. Ich sehe die fremde Person auf mich zukommen, hastig, irgendwie verstopft und missgelaunt. Aber auch überheblich, besserwissend, zickig. Ich sehe mich, wie ich mich schlage und zurückschlage.

Jetzt ist es eine alte Erinnerung. Ich erinnere zum Beispiel meine Freude darüber, dass ich mich sogleich gewehrt habe, mir das nicht bieten ließ. Wäre die Person jemand anderes gewesen, so hätte ich mich sicherlich beschwert, geschimpft, gespuckt, aber ich hätte nicht zurückgeschlagen. Das entsprach nicht meinem Wesen.

Aber diese Person – ich selbst! – brauchte eine schallende Ohrfeige mit gleicher Stärke zurück, um nicht in Selbstgerechtigkeit und gleichzeitiger Selbstverachtung zu triumphieren. Das stellt mich, nach all den Jahren, immer noch zufrieden. Ansonsten glaube ich nicht, dass sich irgend etwas verändert hat. Keine Belehrung, in welcher Form auch immer, konnte mich damals wirklich beeindrucken. Vielleicht hat mich mein eigenes, ungehöriges Auftreten und anmaßendes Benehmen befremdet. Was nahm er sich heraus, dieser Mann aus der Zukunft. Ich war doch nicht für ihn verantwortlich! Sollte er doch tun, was ihm beliebt, dort, wo er herkam.

Schließlich hielt jemand an und ich ließ mich bis ins nächste Dorf mitnehmen. Dort organisierte ich mir etwas Benzin und machte mich auf den Weg zurück zu meinem wunderschönen Vehikel.

Fern

In einer unruhigen Nacht gehe ich zum Strand. Es ist schwer auszumachen, aber ich glaube, es fliegen niedrige Wolken über mich her. Der Wind ist feucht, Nebelschwaden verdunkeln den vom bedeckten Himmel reflektierten Lichtschein der Stadt. Der Wind und die rollenden Wellen verbinden sich zu einem lauten Sausen. Es ist eine unruhige Nacht, aber ich selbst bin ruhig. Langsam gehe ich im Sand. Es ist kalt, aber ich bin ausreichend bekleidet und trage feste Schuhe. Nur wenig versinke ich im Sand. Er ist feucht und fest. Ich bleibe in Bewegung. Einige Feuer brennen am Strand, Leute sitzen um die Flammen, schleppen Holz und Getränke herbei. Man sitzt eng zusammen, beugt sich aus dem Wind, gibt sich gegenseitig Windschatten, reibt sich und kuschelt. Man beschäftigt sich mit den Lagerfeuern, stochert, legt nach. Funken sprühen um die Gestalten. Sie beugen sich zur Seite, aus dem Rauch und der fliegenden Glut. Langsam gehe ich von Feuer zu Feuer, halte aber stets Abstand von den wärmenden Flammen und dem Feuerschein. Mir ist nicht danach, mich unter die Leute zu mischen. Ich möchte mich nicht unterhalten, möchte mich nicht vorstellen, irgendetwas sagen müssen. Ich höre Teile von Gesprächen, viel Lachen und laute Sprüche. Die meisten sehen mich nicht, geblendet vom Feuer. Ich bin dunkel gekleidet, und halte mich, wie gesagt, zurück.

Ich bin nicht ausgelassen, ich finde meine Laune neutral, offen – offen für mich selbst. Ich genieße meinen Spaziergang und mein Alleinsein. Ich gehe zwischen den Feuern, entferne mich soweit, dass sie nur flammenfarbene Punkte sind, flackernd, vom Wind zerzaust.

Ich bemerke, dass ich nicht der Einzige bin, der im Dunkeln umherwandert. Jemand geht rauchend vorbei, zwei gehen gemeinsam und flüstern gegen den Wind. Ein Hund rennt vorbei, Richtung Wasser, welches sich irgendwo schwarz mit dem Himmel verbindet. Dort ist nur Lichtlosigkeit und gleichmäßiger Lärm auszumachen. Die unpersönlichen Gewalten.

Wieder komme ich an einer Feuerstelle vorbei, an einem Herd menschlicher Geräusche.

Man ist sich sehr nahe, rückt weiter zusammen, ein Beisammensein in formloser Umgebung auf kaltem Untergrund. Holz wird zerbrochen, das Knacken ist seltsam direkt zwischen den anderen zerblasenen Lauten.

Ich nehme meinen Blick vom Feuer und sehe wieder in die Nacht hinein. Langsam schält sich das fahle Licht der Stadt aus dem Schwarz vor meinen Augen. Die wenigen, vom Nebel behoften Lampen zeigen, wie weit die Häuser und Straßen entfernt sind. Von der Stadt hört man nichts. Der Wind fegt alle Geräusche davon, wird selbst zu einem akustischen Zustand.

Ich bemerke eine Gestalt vor mir. Ich gehe direkt auf sie zu, nicht absichtlich, sie steht in meinem Weg. Bevor ich mich erschrecken kann, oder ausweiche oder mich abwende, sagt die Person, die Stimme durch den Wind verdünnt: »Hallo«, und möchte wohl noch mehr sagen und scheint verunsichert.

Ich bleibe stehen, möchte der Gestalt nicht zu nahe kommen, aber auch nicht furchtsam erscheinen oder ablehnend. Ich erwidere den kurzen Gruß. Ein seltsames Treffen, denke ich sofort: Niemand steht hier herum. Entweder man sitzt am Feuer oder bleibt in Bewegung. Es gibt hier nicht zu sehen, der Wind rüttelt, die Ohren werden kalt, sind kalt. Es ist ungemütlich. Das Gehen ist eine Beschäftigung, um den Aufenthalt hier zu rechtfertigen. Niemand steht hier herum, oder wartet auf jemanden. Zu unbestimmt wäre hier ein Treffpunkt. Man lauert hier auch nicht auf ein zufälliges Treffen, es sei denn, man hat Ungehöriges im Sinn.

Die Person scheint ein Anliegen zu haben; wohl nicht gerade unmittelbare Not, aber doch einen bestimmten Grund, mich anzuhalten. Es fällt mir schwer zu glauben, dass die Person gerade mich ausgewählt hat, und doch scheint es so zu sein. Sie ist verlegen, vielleicht ängstlich. Ich könnte mich nicht darum kümmern, vielleicht ärgerlich sein oder alarmiert. Schnell stellt sich die Person mit »Albert« vor, macht einen Schritt auf mich zu, bleibt aber außer Reichweite für einen Händedruck. Ich stelle mich vor, bleibe ruhig und offen, will ohne Vorurteil sein. Albert ist groß, hat wohl dunkle, klamme Haare, die sich wenig im Wind bewegen. Er trägt eine dicke Jacke mit tiefen Taschen. Er ist hinreichend gekleidet für dieses Wetter. Obwohl er mehr sagen will, sagt er nur: »Ich möchte … sprechen.« Er endet diesen Satz mit Resignation, mit der Gewissheit, nicht das richtige Wort gefunden zu haben, eine Chance vertan zu haben. Er sagt dann gleich darauf, als letzte Rettung: »Ich dachte, ich kann mit Ihnen sprechen, Sie scheinen aufgeschlossen zu sein, fähig zuzuhören, aufmerksam.« Das alles kommt ihm selbst zu persönlich vor. Wir kennen uns nicht, es ist gut möglich, dass wir nur ein paar Sekunden miteinander zu tun haben. Er ist zu direkt, lässt sich nicht genug Zeit und drängt. Aber ich bleibe da. Ich fühle mich nicht bedroht. Wir sind hier mehr allein als sonstwo, kein Dritter könnte etwas bemerken. Es gehört Mut dazu, hier mit mir sprechen zu wollen, es gehört Mut dazu, irgendjemandem zuzuhören. Ich bin bereit und warte darauf, dass er zu sprechen beginnt. Er habe mich einige Zeit beobachtet und beschlossen, dass ich seinen Gedanken folgen können würde. Ich bin erstaunt, beobachtet worden zu sein. Mir ist das nicht aufgefallen. Ich halte mich für umsichtig, ich glaube, mehr zu sehen als andere. Ich bin ihn nicht gewahr geworden. Er sagt, er habe mich einige Zeit verfolgt, um den richtigen Augenblick zu finden. Er möchte sprechen, aber nicht mit irgendwem. Wenn man sich hier, am Wasser und in einer nebligen windigen Nacht auf gleiche Weise bewegt, die gleichen Wege geht, und sich nicht aufhält, dann ist man in der gleichen Stimmung, kann gleiche Gedanken denken. Ich bezweifle, das wir uns in vergleichbaren Stimmungen befinden, er erscheint mir ein wenig mutlos, fast verzweifelt, vielleicht einsam oder irgendwie missverstanden und verscheucht. Ich dagegen fühle eher gar nichts, nehme ich an. Ich habe mich hier in die Umgebung aufgelöst. Aber es stimmt, er hat mich gefunden und ich führe stumme Gespräche mit mir selbst. Wie Albert wohl auch. Er aber möchte, oder will, sprechen.

»Hier«, sagt Albert, nachdem er sicher ist, mich nicht verängstigt zu haben und glaubt, ich würde mich nicht davon machen, würde ihm zumindest ein kleine Weile zuhören. Er gibt mir etwas in die Hand. Ich zögere nur kurz; es scheint wichtig zu sein, dass ich den Gegenstand in der Hand halte. Es ist mir unmöglich auszumachen, was ich da in der Hand habe. Es ist zu dunkel. Es wiegt nicht viel, ist mehr oder weniger oval, hat in etwa die Größe einer Kokosnuss und hat eine eigenartige, glatte Oberflächenstruktur. Albert scheint sich ein wenig zu beruhigen, schaut sich um, zu den Feuern, dann über mich hinweg, dorthin, wo das Wasser unsichtbar ans Land spült. Ich halte das Objekt in Hüfthöhe, nicht zu nahe, auch nicht ausgestreckt. Albert wird darauf zu sprechen kommen. Ich habe keine Angst vor dem Objekt, ich werde es auch nicht behalten. Es scheint für Albert wichtig zu sein, er wird es wieder an sich nehmen. Nur soll ich es für eine Weile halten.

Ich schaue Albert an. Ich warte auf eine Erklärung. Albert ist unsicher. Es scheint mir kurz so, als hätte ich Albert hier angehalten und zum Sprechen aufgefordert. Als fordere ich eine Erklärung für den Gegenstand, als halte ich es ihm vor. Albert ist sehr aufmerksam, er bemerkt meine aufkommende Ungeduld. Er muss sich zusammennehmen, seine Erklärung muss kohärent sein, um mich nicht zu verlieren. Aber dann bin ich auch nur irgendjemand, der eben nur vielleicht aufnahmefähig ist oder sein will. Vielleicht amüsiere ich mich bereits über seine kläglichen Versuche.

»Ich trage das nun schon seit einer Weile mit mir herum. Ich bin auf kuriose Weise dazu gekommen.« Albert lacht kurz auf. Er lacht für mich, will den Anschein geben, als ob es kein Grund gäbe, nicht zu lachen, gelöst und heiter zu sein. Ein Grund zum Lachen gibt es immer. Nichts ist so ernst und wichtig. Ich habe keine Ahnung worum es geht. Albert reißt sich zusammen. Er druckst um etwas Dramatisches herum, das ist mir klar. Seine große Gestalt wirkt irgendwie zusammengefallen. Vielleicht geht deshalb von ihm keine Bedrohung aus. Seine Hände sind nutzlos. Ich habe nun das in der Hand, worum es geht.

Albert setzt woanders an: »Meine Freundin … Billy … hatte einen Unfall, einen schweren Unfall.« Er stockt, schaut mich an, um herauszufinden, ob mein Interesse noch besteht. Er will nicht zu weit ausholen. »Sie ist im Krankenhaus gestorben. Da gab's nichts mehr zu retten.« Albert seufzt, seine ganze Gestalt ist unbrauchbar. Ich könnte ein paar Worte des Mitgefühls oder irgendetwas sagen. Aber ich sage nichts. Es macht für uns beide keinen Unterschied. Albert erzählt mir nicht deshalb davon, mein Mitgefühl bedeutet ihm nichts. Darum geht es nicht. Mein Schweigen soll eine Aufforderung zum Weitermachen sein.

»Wir haben uns ganz gut verstanden«, sagt Albert, aber das ist es nicht wirklich, was er sagen will. So fängt er erneut an: »Ich muss immer an sie denken. Wenn ich morgens erwache, in jeder ruhigen Minute, bis ich irgendwann doch einschlafe. Damit bin ich den ganzen Tag beschäftigt. Ich bewege mich im Kreis. Als sie noch da war, ist es mir nicht aufgefallen, dass ich mich so mit ihr beschäftigen könnte. Wir haben uns ganz gut verstanden, mal gut, mal nicht so gut, das habe ich auch nicht weiter wichtig genommen. Es war alles eine Sache der Laune. Alles ist Laune. Auch das ist eine Laune«, sagt er mit anderer Stimme und deutet auf das Objekt in meiner Hand. Meine Hand wird klamm. Der Gegenstand selbst ist nicht besonders kalt, aber glatt und feucht, der Nebel haftet daran. Teile der Nacht fliegen über unsere Köpfe.

»Wir haben uns gestritten, aber es ging nie um was Bestimmtes, es war immer eine Laune. Das kam aus mir raus, und aus ihr. Wenn man sich streiten will, gelingt das immer. Jetzt habe ich weiß Gott eine andere Laune.« Er stößt ein kurzes Lachen aus. Das fasst zusammen, was seine Tage ausmacht. Aber auch das ist es nicht, was er wirklich sagen will.

»Immer, wenn ich an sie denke, sehe ich sie vor mir. Ihr Gesicht erscheint in meinen Kopf, wie sie geht, wie sie in ein Buch schaut. Sie lacht und redet mit mir, aber ich höre nichts. Dann wieder ist da ihre Stimme, aber ich sehe sie nicht, ich sehe aus dem Fenster oder die Straße oder irgendwas. – Haben sie eine Freundin, eine Frau oder irgendjemanden?«, fragt er mich plötzlich direkt. Aber er ist nicht wirklich interessiert, er will fortfahren. Ich sage »Ja«, um ihm das Sprechen zu erleichtern.

»Sie wird stets dein Gesicht vor sich sehen, wenn sie an dich denkt«, er spricht mehr zu sich selbst, aber er spricht nur, weil ich da bin. Er spricht von sich in der zweiten Person. Er weiß nichts von mir, er weiß momentan nur von sich selbst. »Man selbst sieht sich nicht, denkt nicht von sich selbst als eine Erscheinung mit Armen und Beinen, mit Kopf, Augen, Nase, Mund, unseren Gesten, unseren Gesichtszügen. So wird aber über uns gedacht, als Bild, optisch. Eine andere Möglichkeit gibt es nicht.« Albert macht eine kleine Pause. Das alles hat er wohl schon oft gedacht. Doch er spricht zu mir, will etwas begreiflich machen. Er will sich verständlich machen.

»Man ist sich selbst eher ein Konzept, nicht mal besonders verständlich. Zeigten sich meine Eigenschaften in meinem Gesicht, durch meine Gesten, durch die Bewegungen meiner Arme, so kannte sie mich anders, als ich mich jemals kennen kann. Mein Bild von ihr ... sehen Sie«, er spricht mich jetzt direkt an, »man merkt es schon an den Worten: Bild von ihr. Sie ist so viele Äußerlichkeiten, ihre Gedanken sind Worte, ihr Körper ist Duft und Geschmack, ich sehe sie.« Er fährt sich mit den Händen über das Gesicht. Die Umgebung wird uns wieder bewusst. Ich bewege mein Gewicht von einem Bein auf das andere, hin und her. Er ist eindringlich. Ich fühle nicht den Drang, mich fortzubewegen oder ihn zu unterbrechen. Das Tempo seines Sprechens bestimmt er selbst. Uns fällt nichts ein, was jetzt dringlicher sein könnte.

»Ich habe ein Bild von ihr, in mir«, fährt er fort, »ich sehe sie genau, ihre Farben, die Umrisse. Und doch fällt es mir schwer mir vorzustellen, in was für einer Welt sie gelebt hat.« Die Vergangenheitsform des Verbs macht ihm zu schaffen. »Da kann ich nur mutmaßen. Ich reime mir so manches zusammen, bilde mir so vieles ein. Und doch, wenn sie so da saß und einfach nur schaute, da fühlte ich: Ich verstehe mehr von ihr, als sie selbst. Ich sah mehr von ihr, als sie in ihrem Spiegelbild je erkennen konnte. – Oder nicht?«

Albert bemerkt, dass er zu persönlich wird. Ich kenne Billy nicht. Es ist unwahrscheinlich, dass ich sie jemals getroffen oder gar gesehen habe. Ich kann sie nicht einschätzen. Ich kann mir nur eine Person vorstellen, die zu Albert irgendwie passen könnte, doch auch damit liege ich wahrscheinlich falsch. Ich tue mich schwer in solchen Sachen. Eine Quelle vieler Überraschungen.

»Ihren Körper gibt es nicht mehr. Da waren zu viele Sachen kaputt. Und was noch gut war, hat sie gespendet. Organspender war sie. Bei dem Versuch, sie zu retten, musste man sie sowieso aufschneiden. Da hat man sie wohl gleich aufgelassen und das Beste gerettet.

»Diese Ärzte«, er lacht lustlos, fast abfällig, »für sie war es reine Routine, und warum auch nicht. Noch ein Körper zerquetscht im Straßenverkehr. Was für eine Verschwendung. Alles Lachen war daraus verschwunden, die Haut und die Form nicht mehr reizvoll. Ein Studienobjekt, was zum Reingucken. Einen komischen Humor müssen die haben. Eine Zeit danach hat man mich angerufen, man hätte ihr Gehirn speziell präpariert, aus dem biologischen Objekt einen Gegenstand aus Kunststoff gemacht. Irgendein neues, revolutionäres Verfahren. Da wird dem bestimmten Körperteil, ja ganzen Körpern, langsam aber sicher, in einem bestimmten Flüssigkeitsgemisch das Gewebewasser durch einen so genannten Gefrieraustausch, später das Fett bei normaler Temperatur entzogen und durch Lösungsmittel ersetzt.« Albert erklärt. Er wird sich mit dem Prozess genau befasst haben.

»Das so präparierte Objekt wird dann einem Vakuum ausgesetzt. Das Lösungsmittel fängt an zu sieden und wird dem Köperteil entzogen und gleichzeitig fließt ein Kunststoff, Polyesterharz, nach. Danach wird das Objekt gehärtet. Aus dem biologischen, anfälligen Objekt ist ein hübsches, widerstandsfähiges Ding aus Plastik geworden. Plastinat nennt man das. Es verfault nicht, riecht nicht, bleibt erhalten, wie es ist. Und das Tolle ist: das Äußere und Innere bleibt genau erhalten, gleicht dem Original, behält die natürliche Struktur, ist bis in die kleinsten Einzelheiten identisch.«

Albert atmet schwer. Er redet klar und deutlich, aber es macht ihm zu schaffen. »Das wollten die Ärzte glatt mal ausprobieren oder das ist mittlerweile Routine, was weiß ich. Ich kenne mich nicht aus. Wenn Menschen was machen können, dann machen sie es auch. Gestern noch brandneu, heute überall zu finden. Wir machen nicht halt. Kaum erfunden, gleich angewendet, verbreitet, normal. Die Ärzte waren begeistert. Sie priesen die Perfektion, versicherten, dass das Objekt unbegrenzt erhalten bliebe und strapazierfähig sei. ›Das Leben ist kurz, das Plastinat währt lange‹«. Albert schüttelt den gesenkten Kopf. Dann schaut er auf und sagt: »Man hat mich gefragt, ob ich es haben will«, Albert lacht, diesmal unbeholfen, voller Unverständnis. »Ich war sprachlos. Was soll ich da bekommen, was haben sie damit gemacht? Oder ob sie es für andere Zwecke verwenden sollen?« Ich sagte, ich würde ins Krankenhaus kommen. Ich hatte nicht gedacht, dass ich da so schnell wieder hingehen würde. Auf dem Weg dahin war mein Kopf leer, ich konnte keinen klaren Gedanken fassen. Ich rannte fast, ohne eine Entscheidung getroffen zu haben. Ich nahm es dann an mich und verließ das Krankenhaus auf dem schnellsten Wege. Man hatte geglaubt, mir etwas Begehrenswertes gegeben zu haben. Die Ärzte schauten mir interessiert nach, als ich davon hastete, wie einer Kuriosität, welche sie ja selber geschaffen hatten.« Wieder lacht Albert. Ein Windstoß lässt ihn verstummen. Er sieht sich selber wieder das Krankenhaus verlassen, nur weg, durch belebte Straßen, an Ahnungslosen vorbei, wohl nach Hause, im Besitz eines unerhörten Artefakts. Immer noch halte ich jenes Objekt, das Hirn, darum wird es sich wohl handeln, in meiner Hand. Ich habe mich daran gewöhnt. Es fühlt sich weder warm noch weich an. Distanziert bin ich von dem Gedanken, dass es sich um ein Körperteil handelt. Es macht mir nichts aus, es zu halten. Ich bin Albert und seinem Zustand so fremd, dass es auch ihm nichts ausmacht. Vielleicht ist er erleichtert, es für einige Augenblicke nicht selbst in der Hand oder in der Tasche zu tragen. Er sagt lange nichts. Die Geräusche der Nacht dringen wieder in den Vordergrund. Wir bemerken, wo wir sind. Jemand geht vorbei. Eine Lagerfeuergesellschaft bricht wohl ab. Man hört gelegentlich menschliche Laute, gestaucht vom Wind, zerrieben von den Wellen. Ein Lachen, flach, ein Ruf ohne Herkunft. Richtungen verirren sich hier, der Wind dreht oft, weht um uns herum. Unsere Jacken flattern. Es ist kalt, das ist wieder zu bemerken. Es mag spät sein.

»Sie ist verstummt«, sagt Albert dann. Er lässt die Worte einen Moment wirken. Das ist fast zu melodramatisch in diesem ätherischen Rauschen, dieser wässrigen und windig-lauten

Nacht. Er nimmt mir das präparierte Hirn aus der Hand. Ich reibe mir die Hand.

»Hier drin ist ihre Welt. Nicht nur ihre Ansichten, ihre Erinnerungen, ihre Eigenschaften. Hier drin ist ihre ganze Welt. Das ganze Universum. Wie es sich ihr präsentiert hat.«

Albert holt ein weiteres Objekt aus seiner Jacke und hält ihn mir vors Gesicht. Er will es mir nicht geben, er will, dass ich es ansehe. Ich muss dazu nichts weiter tun.

»Dies ist eine Kugel aus Spiegelfläche. Ein Spiegel in Kugelform«, sagt er gedrängt, als würde ich mich schwer tun, ihm zu folgen. »Das ganze Universum spiegelt sich darin.« Ich sehe mich selbst vage in der Kugel, komisch verzerrt. Es ist zu dunkel für Einzelheiten. Aber ich sehe meinen Kopf, übergroß. Mondgesicht.

»Alles spiegelt sich darin, die ganze Welt konzentriert sich hier. Manchmal sehe ich mich darin an, aber das Bild ist leblos, kalt. Es zeigt sich nichts. Das Bild ist einfach nur da. Ohne Sinn. Und dann ...«, er steckt die Kugel wieder in die Tasche und deutet auf das Hirn, »dann habe ich dies, und auch hier drin ist die ganze Welt. Ihre«, er meint mich, »und meine Welt, nur ein wenig anders, mit anderen Prioritäten. Die Welt aus Billys Perspektive. Es ist unglaublich, aber alles ist hier drin, in dieser seltsamen Frucht, die niemals verkommen wird. Alles ist da, aber für immer darin eingeschlossen. Und ich bin darin, in guten wie in schlechten Zeiten. Als angenehme Erinnerung und in schlechter Erinnerung. Was hat sie über mich gedacht? Warum hat sie mich reingelassen? Wie kam ich ihr vor? Eine Laune? ... Es ist seltsam, wahrscheinlich ungesund ...«, Albert sieht mich eindringlich an, er wiegt das Objekt in seiner Hand. Sieht es kurz an, dann wieder mich. Er sucht nach den richtigen

Worten, nach einer Beschreibung. Er findet Worte unzureichend ».... Alles, was ich wirklich wissen will«, fährt er dann doch fort, »ist hier drin! Hier drin.«

Jetzt sieht Albert nur noch das Objekt in seiner Hand, fast andächtig. Seine Stimme wird leiser, aber ich höre sie genau. Schien er vorher fast wütend, so hat er sich jetzt beruhigt.

»Alles ist noch hier drin, ist noch da, aber ich komme nicht mehr heran. Es ist, als hätte man mir eine genaue Aufzeichnung überreicht, aber leider ist das Abspielgerät noch nicht erfunden.« Albert guckt mich an, lässt die Arme sinken.

»Ich würde so gerne wissen, wie ich bin, in dieser Welt. Ich werde eine bestimmte Person, ein Charakter gewesen sein, konkret, greifbar und angreifbar – keine ständig hinterfragte Ungenauigkeit.« Er zeigt mir nochmal das Hirn. »Was habe ich ihr bedeutet? – Was habe ich bedeutet?«

Nach einer Pause sagt er: »Daran lässt sich jetzt nichts mehr ändern.« Er denkt an sich, irgendwo versteckt in dem Objekt, auf seltsame Weise darin vorhanden, auf eine endgültige Weise. Mehr als das, was mir gegenübersteht. Albert sieht mich an, versucht verzweifelt zu sprechen, aber es kommt nichts mehr. Vielleicht bittet er mich, das absurde Objekt an mich zu nehmen, ihm wegzunehmen, aber er selbst würde das wohl nicht erlauben. Er ist so weit davon entfernt, von dem, was er in den Händen hält. Langsam geht Albert kleine Schritte zurück, dreht sich um und geht davon. Wir verabschieden uns nicht, er ist nicht wirklich hier gewesen, genauso gut kann er stumm in die Dunkelheit verschwinden.

Wahres Heldentum

Port Bou, Spanien 1989

Hinter dem grellen Licht der Straßenlaternen auf der Promenade rauscht das dunkle Meer. Ein mäßiger Wind bläst heran und lässt das Wasser über die abgerundeten Steine rollen. Port Bou hat sich zur Ruhe begeben. Es ist gut möglich, dass Andreas und ich die letzten wachen Gestalten sind in diesem Dorf an der spanischen Mittelmeerküste, Teil Cataloniens, an der Grenze zu Frankreich.

Unsere Bäuche sind voll mit Sangria und Bier. Entsprechend heiter sitzen wir auf den billigen Metallstühlen der L'Anchora Bar, deren Markisen im Wind flattern. Die Kellner sind ebenfalls schlafen gegangen. Das Kokain hat seine Wirkung verloren, und nach dem langen Arbeitstag sind die Kellner ausgebrannt. Morgen wird wieder ein langer Tag. Drei Monate in der Hochsaison arbeiten sie wie die Tiere, den Rest des Jahres vergnügen sie sich und liegen auf der faulen Haut. Jedenfalls behaupten sie das.

Unsere letzten Biere sind ausgetrunken, wir werden uns bald zur Nachtruhe begeben müssen. Wir wohnen am Strand. Neben unseren Stühlen liegen unsere wenigen Habseligkeiten und die Schlafsäcke. Wir sind bettschwer genug, um auf den Steinen zu schlafen. Am Strand sind sie rund und klein genug, um eine mehr oder weniger bequeme Ruhestätte abzugeben; man wühlt sich eine Mulde. Manchmal verlassen wir nachts das Dorf und klettern zu dem langen Strand hinunter, außerhalb des Ortes, um vor den Polizisten sicher zu sein. Heute Nacht ist uns das zu weit, der Aufstieg und dann folgende Abstieg zu anstrengend. Man kann sich auf den Treppen den Hals brechen. Heute nacht werden wir auf dem kleinen Strand zur linken Seite übernachten. Der Weg ist weit und gefährlich genug, um die Polizisten an den meisten Tagen von einem morgendlichen Besuch abzuhalten, aber keine solche Mutprobe wie der Strand außerhalb. Also packen wir unsere Sachen und machen uns auf den Weg. Unsereins wird hier geduldet, in Port Bou. Obwohl wir wie angehende Landstreicher aussehen und an den Stränden schlafen, lassen wir genug Devisen in der Ortschaft, um toleriert zu werden. Nur morgens kann man unsanft vom Schutzmann geweckt werden. Daher die langen Wege über die Klippen. Ist man wirklich im Vollrausch, so kann es schon passieren, dass man am Hauptstrand einschläft, die halbvollen Flaschen noch neben sich. Aber man wird dann leichtes Opfer der Sandflöhe oder der Polizisten am Morgen. Einen Tritt in den Hintern hat man davon, bei zu geringer Reaktion noch ein paar mehr. Um das zu vermeiden begeben wir uns auf den beschwerlichen Weg und leisten unseren Mitbewohnern am dritten Strand Gesellschaft. Die werden mit Sicherheit bereits schlafen oder den letzten Joint rauchen. Wir trotten los. Zur linken Seite folgen wir der Promenade, vorbei am Infostand und dem lange schon geschlossenen kleinen Laden. Hinter uns bleiben die Bars zurück und der kleine Ort, der die Berge hoch kriecht, der Bahnstation entgegen. Unser Weg führt in die andere Richtung, über den ersten Strand, der noch zu dicht an der Promenade ist. Die Steine knirschen unter unseren Füßen. Wir kichern und reden lauthals über dies und jenes. Andreas hat sich eine Französin angelacht. Jetzt schläft sie bei ihren Eltern im Hotel. Ich hab mir noch niemanden angelacht. Ich tue mich ein wenig schwer. Allerdings ist da diese gertenschlanke, hochgewachsene Norwegerin mit der kleinen Tätowierung auf dem rechten Schulterblatt. Sie hat rötliche Haare und herrlich braungebrannte Haut. Wir alle liegen tagsüber in der prallen Sonne, nackt, wohlgemerkt. Aber meine Norwegerin orientiert sich lieber zu den albernen Amerikanern hin. Allerdings liegen wir alle ausgelaugt in der Hitze herum, es tut sich nicht viel.

Unsere kleine Strandgruppe besteht aus den zwei Norwegerinnen, den drei amerikanischen Jungs, ein paar Süddeutschen, einem italienischen Pärchen und wer weiß, wo die anderen herkommen.

Andreas und ich arbeiten uns weiter vor. Am Ende des ersten Strandes folgen wir einem ordentlichen Fußweg, eingehauen in die Steilküste. Pfützen salzhaltigen und grünen Wassers befinden sich hier, es riecht nach Meerwasser, toten Fischen und Exkrementen.

Wir kennen diesen Weg so genau, dass wir die kleinen Unebenheiten, die Wasserlachen und die wenigen Stufen geschickt meistern. Allerdings schwanken wir stark, müssen gelegentlich um uns greifen, uns festhalten, aneinanderklammern. Wir haben einen Heidenspaß. Man wird uns bis in den Ort hören können. Uns macht das nichts weiter aus. Wir sind am zweiten, kleinen Strand angekommen. Tagsüber macht man hier wegen der Hitze eine Pause. Jetzt herrscht eine angenehme Temperatur und wir glauben, gut bei Kräften zu sein. Wir klettern einige steile Stufen herauf, bis wir auf der Steilküste stehen. Hier wachsen ausgelaugtes Gras und ein paar Kakteen. Wir folgen dem ausgetretenen Pfad hier oben. Man hat einen guten Überblick über den Ort von hier, aber es ist eine ziemlich dunkle Nacht geworden. Die Lichter von Port Bou helfen uns noch, ein paar Sterne blinzeln. Bald werden wir um die Kurve gehen und viel von dem Licht verlieren.

Dann wird es gefährlich. Der Rest des Weges zum dritten, unserem sandflohfreien Strand, ist nicht besonders gut ausgebaut und sehr steil. Man muss klettern und auf die Balance achten. Acht Meter unter uns gurgelt das Wasser und es warten spitze Felsen auf den Aufprall. Wir wissen um die Schwierigkeiten, aber wir sind guten Mutes. Betrunken verliert man jegliches Verhältnis zur Gefahr. Lachend tapsen wir weiter. Ich falle gelegentlich um, kann mich wegen des Schlafsackes und der anderen Dinge nicht richtig abstützen. Wir jauchzen und grölen. Ich kann Andreas nicht mehr sehen, aber gut hören. Er hat sich gerade lachend auf den Hosenboden gesetzt. Ich entscheide mich, ein paar Meter zu kriechen. Hier sind die Felsen sehr abschüssig, man kann abrutschen und den Halt verlieren.

Von hier könnte man den dritten Strand gut einsehen, aber es ist stockfinster. Nur hin und wieder sehe ich eine Taschenlampe aufblitzen und herumzucken. Andreas und ich rufen uns gegenseitig Aufmunterungen und Verwünschungen zu. Er will zu seiner Mademoiselle, ich lache mich schlapp. Er kichert irre.

Es geht abwärts. Die letzten Hürden liegen vor uns: kleine, abgestandene Salzwasserteiche, kleine und größere Felsen, große, runde und glitschige Steine. Wir machen einen reichlichen Radau. Endlich stehen wir auf dem Steinstrand. Zwei Taschenlampen sind das einzige, das wir erkennen können. Die Lichtstrahlen flitzen umher, kommen auf uns zu. Man leuchtet uns ins Gesicht, Andreas äußert lautstark seinen Unmut mit einem »Hey, Hey«. Wir latschen an den Taschenlampen vorbei, versuchen, unseren Platz am Strand zu finden, ohne auf die anderen Strandbewohner zu treten. Frechheit, uns so in die Augen zu leuchten. Die Personen mit den Lampen machen sich auf den Weg über die Felsen in Richtung Port Bou.

Erstaunt stellen wir fest, das alle am Strand wach sind und rege. Es wird durcheinander geredet, Gestalten gehen hin und her. Jemand redet auf mich ein, ich will eigentlich nur meinen Schlafsack irgendwo ausrollen, eine Zeit lang die Sterne angucken und dann einschlafen. Ich verstehe nicht viel von dem, was gesprochen wird. Viele verschiedene Nationalitäten reden durcheinander, Akzente verstümmeln die englische Sprache, meine Kenntnisse sind sowieso nicht besonders beeindruckend.

Langsam begreifen Andreas und ich, was sich hier zugetragen hat.

Als alle bereits schliefen, kamen zwei Marokkaner mit Messern und fingen an, die lieben Leute hier am Strand auszurauben. Alle sind zutiefst erschrocken, die Messer haben starken Eindruck hinterlassen. Andreas und ich sind allerdings immer noch gut gelaunt. Wir werden umringt, wir sind momentan im Zentrum aller Aufregung und der Erleichterung darüber, nochmal davon gekommen zu sein. Mir geht langsam auf, dass einige der Strandbewohner tatsächlich annehmen, dass Andreas und ich, dass unser Lärm und unser Spektakel auf den Felsen ihnen das Leben gerettet haben. Wir haben die mörderischen Räuber vertrieben. Wir werden wie Helden gefeiert. Wir nehmen Danksagungen entgegen. Man ist allgemein beeindruckt.

Langsam kommt die Gruppe zur Ruhe. Plötzlich klammert sich die Norwegerin an mich, ob ich sie nicht umarmen und festhalten könne, die Arme zittert noch vor Angst. Sie besteht darauf, dass ich bei ihr in ihrem Schlafsack schlafe. Sie hat Angst und will beschützt werden. Ich lasse mir das nicht zweimal sagen. Und so finde ich mich fest umklammert von der hübschen Norwegerin in ihrem Schlafsack, in ihrer Mulde auf dem Strand. Ich bin selig. Wie ein richtiger Gentleman nutze ich die Situation nicht schamlos aus. Außerdem bin ich ziemlich betrunken und erschöpft. Immerhin haben wir die Bösewichte vertrieben. Noch begreife ich nicht ganz, was sich eigentlich ereignet hat, aber ich bin zufrieden mit dem Resultat. Neben mir fühle ich den weichen, grazilen Körper aus Norwegen, den ich tagsüber nur aus gebührlicher Entfernung betrachten durfte. Ich schlafe rechtschaffen tief und fest. Die Steine stören uns nicht, man gewöhnt sich daran. Die Strandbewohner fühlen sich sicher, Andreas und ich sind ja hier …

Am nächsten Morgen steht die Sonne schon recht hoch am Himmel, als ich aus ihrem Schlafsack schwimme. Es ist bereits mörderisch heiß. Verschwitzt, mit verklebten Augen, geräderten Gliedern und einem höllischen Geschmack im Mund tapse ich über die glühendheißen Steine ins Mittelmeer hinein. So vertreibt man den Schlaf, die Hitze und den dicken Kopf. Salzwasser hat magische Kräfte. Ich schwimme ein wenig in der Bucht herum, tauche unter und gehe schließlich zurück an den Strand. Es wäre natürlich falsch zu behaupten, dass es mir nach dem Bad bereits wieder gut ginge, aber ich fühle mich einigermaßen menschlich. Ohne Umschweife setze ich mich zur Norwegerin, wir umarmen uns und ich kriege einen Kuss. Ich habe das alles also nicht geträumt. Ich bin nicht verlegen, und küsse sie zurück. Morgens sind mir meine menschlichen Schwächen noch zu albern.

Ich bin froh, dass es meinem Kopf nicht allzu schlecht geht, und das Pochen darin erträglich ist. Jemand gibt mir frisches Wasser. Es wird Zeit, dass wir in den Ort zurückgehen. Es wird zu heiß am Strand zur Mittagszeit, und man braucht schließlich etwas zu essen. Die Gruppe macht sich geschlossen auf den Weg. Andreas geht es auch nicht besonders. Er sieht verbraucht aus, seine Haare sind ein salzverklebter Haufen auf seinem Kopf, er spricht in diesem Zusammenhang von seinem speziellen Hut …

Als wir über die Felsen und Abhänge klettern, wird mir wieder bewusst, wir verrückt wir eigentlich jede Nacht sind, wenn wir uns im Stockdunkeln hier entlang bewegen. Man kann sich hier den Tod holen. Mir wird klar, dass unser albernes Lärmen die Marokkaner verunsichert hat. Sie haben mit Sicherheit vermutet, eine ganze Horde Wilder sei auf dem Weg zum Strand, zu ihrem nächtlich Jagdrevier. Daher haben sie uns auch in die Augen geleuchtet. Haben sie den Wahnsinn in unseren Augen gesehen? Die Unerschrockenheit? Die Bereitschaft zum Heldentum? Sicher haben sie gesehen, dass wir harmlos waren, vielleicht ein bisschen unberechenbar. Aber es war bereits zu spät, sie hatten von ihren Opfern abgelassen, der Plan ging nicht auf.

Unsere Gruppe kommt im Dorf an. Mir ist alles egal. Man einigt sich darauf, den Vorfall der Polizei zu melden. Ich halte mich an die Norwegerin. Ich stehe ihr bei. Ich halte es allerdings für völlig sinnlos, mit der Guardia Civil über die nächtlichen Vorkommnisse zu reden. Die kümmert das nicht. Sie werden sich darüber amüsieren. Ein Deutscher spricht gebrochenes Spanisch, er unterhält sich mit den Beamten. Andere reden mit Händen und Füßen. Ich sitze auf einer niedrigen Mauer neben meiner neuen Freundin und verdörre langsam. Andreas ist zu seiner Französin verschwunden. Schadenfroh hat er sich verabschiedet. Wir werden uns später in der L'Anchora Bar treffen. Das Gerede mit den Polizisten zieht sich hin, es führt zu nichts. Einige geben sogar ihre Personalien. Ich brauche Wasser und Nahrung. Jemand besorgt Weißbrot und Käse. Ich klaube eine Tomate aus einer Papiertüte. Von etwas anderem ernährt man sich hier nicht. Vielleicht würde das Geld für ein Abendessen im Restaurant reichen, aber wir geben das Geld lieber für Bier aus.

Plötzlich ruft die andere Norwegerin, sie hätte gerade einen der Räuber gesehen, und zwar im Gespräch mit einem anderen Mitglied der Guardia Civil. Die kennen sich also. Sie rennt zu den Polizisten und deutet auf den davongehenden Marokkaner. Man lächelt und zuckt mit den Schultern. Für sie sind wir aufgebrachte Hippies.

Die Nutzlosigkeit dieses Unterfangens war mir von vornherein klar. Ich beneide Andreas. Ich versuche, die Norwegerin zum Verlassen des Platzes vor der Wache zu bewegen. Ich brauche Schatten. Und es ist beinahe Zeit fürs erste Bier.

Ein wenig später treffen wir Andreas und seine kleine Französin in der Bar. Wir entscheiden, uns heute im Laufe des Tages an den großen Strand außerhalb des Ortes zu begeben. Wir, das sind Andreas und ich, die Französin, ihr jüngerer Bruder und die beiden Norwegerinnen. Wir kaufen Brot und frische Sardinen. Außerdem besorgen wir uns eine ausreichende Menge Bier und Wein. Zwiebeln und Tomaten haben wir noch. Die Norwegerinnen bringen Wasser und ihre Habseligkeiten. Sie sind froh, heute Nacht nicht am dritten Strand zu schlafen. Außerhalb des Ortes sind wir sicher, niemand wagt es, nachts die zweihundertfünfzig mörderischen Stufen herabzusteigen, um ein paar flache Brustbeutel zu stehlen. Diese Treppe ist wirklich gefährlich und steil. Selbst tagsüber wird mir ganz anders, wenn ich sie herabsteige. Und morgens, mit dickem Kopf und akutem Wassermangel kann man es kaum glauben, dass man es am Ende doch überlebt hat, diese Stufen in der glühenden Steilwand zu ersteigen.

Am Nachmittag machen wir uns auf den Weg. Es dauert eine gute halbe Stunde die Treppen zu erreichen. Die anderen, die diese Treppen noch nicht gesehen haben, halten uns für verrückt, oder zumindest extrem leichtsinnig, aber wir versichern, es sei durchaus zu schaffen, und dort unten habe man eine herrliche Ruhe, einen riesigen Strand für sich.

Langsam geht es abwärts. Andreas und ich kennen jede Stufe und jede Windung im Felsen. Selbst beim Abstieg bricht man in Schweiß aus. Und wir haben die Hände voll. Andreas und seine Französin unterhalten sich in ihrem Kauderwelsch, die Norwegerinnen sprechen ihre unglaubliche norwegische Sprache, mir ist immer noch alles egal. Wir erreichen den Strand, man ist erleichtert. Andreas und ich führen die anderen umher, dort sind die Höhlen, hier eine Lagune, hier kann man Treibholz finden. Dahinten schläft es sich gut.

Wir lassen uns nieder. Ich sammle Feuerholz, die nordischen Damen sehen sich um. Andreas bereitet die Sardinen vor und stellt einen Salat aus Tomaten, Zwiebeln, Essig und Öl, sowie aus Kräutern, die er unterwegs gepflückt hat, zusammen. Die Salatschüssel ist eine aufgeschnittene, große Wasserflasche aus Plastik. Gegessen wird mit den Fingern. Salzwasser reinigt alles perfekt. Das Feuer ist entzündet, die Sardinen brutzeln an Stöcken oder auf Steinen. Brot wird verteilt. Wir trinken gern und viel. Wir sind zwar nicht gesättigt, aber man isst hier keine großen Mengen. Es ist einfach zu heiß am Tage, und abends füllt man sich den Bauch mit anderen Sachen.

Es dämmert bereits und die Sonne geht schnell unter. Noch immer ist es schön warm. Das Wasser glitzert, ist sehr klar und von angenehmer Temperatur. Wir liegen nackt herum. Andreas verschwindet mit seiner Französin um ein paar Felsen. Ich kuschele mich an die Norwegerin. Ihren Namen kann ich nicht erinnern, er war unaussprechlich für mich. In der Dunkelheit kriechen wir in ihren Schlafsack. Wir küssen uns und bemühen uns auch anderweitig umeinander. Wir sind richtig in Fahrt, dennoch schlafen wir nicht miteinander, irgendetwas hält sie davon ab. Es handelt sich nicht um mangelnde Erregung und es scheint mir auch nicht so, als ob ich ihr nicht gefallen würde, im Gegenteil. Aber sie scheut sich vor dem Geschlechtsverkehr. Nun ja, mir macht heute gar nichts etwas aus. Wir schmusen noch einige Zeit. Ich gehe dann für eine Weile ins Wasser, setze mich auf die noch warmen Felsen und gucke aufs dunkle Meer. Meine Norwegerin setzt sich bald zu mir und umarmt mich. Wir unterhalten uns mit unseren schwachen Englischkenntnissen. Sie versichert mir, dass sie mich ganz süß und toll findet, vor allem, wie ich hier so sitze und denkerisch in die Weite schaue.

Ich erzähle ihr was von den Sternen. Sie sagt mir, dass sie sich nicht sicher ist, ob sie mit mir schlafen soll. Ich sage nichts darauf. Sie würde so gerne wollen, aber, obwohl sie ja weit weg ist von zu Hause und im Urlaub eigentlich ja nichts unerlaubt sei, ist sie nicht mit sich im Reinen darüber. Sie schmachtet, ich kann das fühlen. Und dann gesteht sie, dass sie verheiratet ist. Das macht mir immer noch nichts aus. Das kann ja jeder halten, wie er will. Wenn ihr wirklich an Sex mit mir läge, denke ich, so kann sie doch ein entferntes Verheiratetsein lediglich dann in Verlegenheit bringen, wenn sie nicht unbekümmert, ungezwungen, ja frei ist. Es kommt doch letztlich auf den Moment an. Aber ich will ihr da nichts einreden. Ich werde sie vielleicht später, wieder im Schlafsack dann, von der romantischen Bedeutung des Beischlafs überzeugen. Doch dann erzählt sie mir, und weiß der Henker warum und bei welcher Gelegenheit, dass ihr Ehemann, den sie irgendwie nicht verletzen oder hintergehen will, Jude ist. Und dann stelle ich mir, mit meiner regen Phantasie vor, wie sie braungebrannt aus dem Urlaub ins heimische Norwegen zurückkehrt, zu ihrem Ehemann. Und er wird sie nach einer liebevollen Umarmung fragen, wie es denn gewesen sei. Und sie wird behaupten, dass es ganz toll gewesen sei, aber er hört einen seltsamen Unterton heraus, und so fragt er, ob es da etwas gäbe, was sie ihm erzählen möchte. Sie zögert, ist aber schließlich ehrlich. Ja, sie hätte ihn betrogen, mit einem anderen Mann (oder Männchen ...), einem tollen, unerschrockenen, romantisch philosophischen Kerl aus Deutschland. Ein Deutscher. Ausgerechnet ein Deutscher. Und ich stelle mir vor, dass ganze Generationen seiner Vorfahren von ganzen Generationen meiner Vorfahren in die Gaskammern gejagt wurden, und damit nicht genug, ausgerechnet ein Deutscher nimmt gehässig von seiner Ehefrau Besitz, auf eine wohlmöglich herrische, arrogante, deutsche Art und Weise. Meine Vision macht mir zu schaffen. Ich beschließe, mit einer eigenartigen, wohl jugendlichen Ausprägung der Überheblichkeit, sie in Ruhe zu lassen. Irgendwie, denke ich, bringe ich das nicht übers Herz. Ich, mit meiner Herkunft, sollte das diesem fernen, nichts ahnenden Mann nicht antun.

Ich sitze auf dem Stein und schaue in die Ferne. Sie sitzt neben mir und leistet mir angesichts der Unendlichkeit des Universums und der verschlungenen Pfades des Schicksals Gesellschaft. Wir werden im selben Schlafsack übernachten, aber ich bleibe Gentleman.

Der Wunsch

Das Tageslicht verliert an Kraft. Es scheint unmöglich, diesen langsamen, schleichenden Prozess mit bloßen Augen wahrzunehmen. Das Radio ist behilflich. Ein älteres Modell, in dessen Inneren kleinste Glühbirnen die Skalen und Ziffern erleuchten. Ein orangefarbenes Licht schimmert durch und hinter den Zahlen und Symbolen hervor. Bei vollem Tageslicht ist diese Beleuchtung des Radios nicht erkennbar.

Das Radio ist eingeschaltet, aber stumm. Es wird Abend. Draußen ist es noch warm und geräuschvoll. Durch die offenen Fenster nimmt Karl am Tage teil. »Heute« scheint noch ganz und ungestört, aber das Radio bezeugt das erste, unmerkliche Dämmern.

Karl schaut aus dem zweiten Stock auf die Straße herunter. Die Schatten werden länger. Man spürt: Der Abend ist angebrochen. Passanten ändern ein wenig ihr Benehmen. Einige gehen schneller, andere langsamer. Erledigungen werden gemacht oder zu Ende gebracht. Man kommt von zu Hause oder geht dorthin. Die Straßen sind belebter, selbst diese Seitenstraße. Die Hitze wird noch lange aus dem Asphalt und den Autodächern dringen.

Endlich mal ein Abend, an dem es angenehm ist, bei offenem Fenster am Schreibtisch zu sitzen. Karl beendet für heute die Arbeit an seiner Zeichnung. Karl ist bis auf Weiteres mit sich übereingekommen, dass man fürs Zeichnen Tageslicht benötigt. Daher legt er nun den Bleistift, den er zuletzt in der Hand hielt, zu der ungeordneten Ansammlung der anderen Bleistifte und Buntstifte. Neben dem Zeichenblock befinden sich ein Becher mit Bleistiftspäne, ein Glas mit Wasser und andere nützliche und unnütze Gegenstände auf der Schreibtischplatte.

Dämmerung bedeutet, dass sich die Farbtöne der Buntstifte, erst unmerklich, mit dem Wechsel der Helligkeit und des Lichtspektrums, ändern. Die Farben der Zeichnung, die Zeichnung selbst ändert sich. Es herrschen nicht mehr vorzügliche Umstände. Es ist Zeit, die Zeichnung abzudecken, nicht nur, um sie vor allen Eventualitäten zu schützen, sondern auch, um deren Unvollständigkeit aus den Augen und aus dem Sinn zu verbannen. Es ist Zeit, den heutigen Bemühungen ein Ende zu bereiten und Abstand zu gewinnen. Das verblassende Tageslicht ist dazu bester Anlass.

Karl dreht sich mit dem Bürostuhl und stößt sich vom Schreibtisch ab, rollt auf dem Holzfußboden in den Raum hinein. Er sieht dabei aus dem Fenster, auf die gegenüberliegende Häuserwand, die Baumkronen dahinter und dem blauen Himmel. Es ist windstill.

Ein ordentlicher Künstler würde durchaus bereit sein, sich die Augen zu verderben, einen Scheiß darauf zu geben, wie weit sich die Sonne senkt, wann sie verschwindet, bereit sein, bei einer Funzel weiterzuarbeiten, in der Hoffnung, etwas Brauchbares beim Werkeln im Zwielicht zu hinterlassen, mit verkrampften Fingern den Stift ruhig zu führen versuchen, Kaffee anstatt Wasser trinken. Karl will einen klaren Kopf bewahren. Er befürchtet, er könne sich durch zügelloses und zeitloses Zeichnen in einen manischen Zustand versetzen. Man verliert das körperliche Gefühl. Schmerzen im Rücken, im Nacken und in der Hand bleiben unbemerkt, man stiert stundenlang aufs Papier, die Augen unbewegt, die Rezeptoren ausgelaugt. Man beginnt mit sich selbst zu sprechen, zu fluchen und zu lachen. Man beginnt an der Perspektive, am Aufbau, gar an der Zeichnung selbst zu zweifeln, an den eigenen Fähigkeiten und der eigenen Kunst schlechthin. Und dann hält man sich einen Moment später wieder für ein großes Talent, für wertvoll und zurechnungsfähig. Dann möchte man, dass andere an diesem Glück teilhaben.

Das können mehr als beunruhigende Zustände sein, jedenfalls keine beruhigenden. Man wühlt sich auf und fühlt sich später wie ein Häufchen Asche. Wenn er sich nicht rechtzeitig ablenkt, wird es wieder eine seltsame Nacht.

Bei stillem Radio und geschlossenen Fenstern wird es im großen Zimmer bedenklich still. Ruhe herrscht. Ein Zustand, in dem nur Karl Bewegung hervorruft. Nichts tut sich hier ohne sein Eingreifen. Alles erinnert sich perfekt daran, wie Karl es vorzufinden gedenkt. Es herrscht Karls alleinige Ordnung. Dabei könnte man meinen, es herrsche Unordnung. Diese Meinung würde aber von Unverständnis herrühren. Alles befindet sich an seinem Platz oder wird momentan benutzt und bleibt dort, wo es schnell wieder gefunden wird. Und da sind die Bilder an den Wänden, die Objekte an der Decke, Sachen, die sich am Boden verstreut befinden, unübersichtliche Mengen von Utensilien, dazu Bett, Schrank und Bücherregale, ferner der Schreibtisch, kraftvoll und massiv, an der einzig richtigen Position, die Geräte und Verkabelungen der akustischen Unterhaltung, die Verbindungen mit der Außenwelt: Telefon, Computer und so weiter.

Karl sitzt noch gut eine halbe Stunde regungslos auf dem drehbaren, bequemen Bürostuhl, in dem man sich sogar zurücklehnen und schaukeln kann. Er sieht sich die vielen Dinge in seinem Zimmer an und denkt: ›Es ist kaum zu glauben, was sich da schon wieder alles angesammelt hat.‹ Es gab Zeiten, da hätte er seine gesamte Habe auf einmal aufrecht gehend zur Tür heraustragen können. Jetzt sind beispielsweise die Regale voll mit Büchern, angehäuft in den letzten Jahren.

Es gibt zahllose Möglichkeiten, Bücher zu sortieren und einzuordnen. Karl räumt sie aufgeteilt in Gelesene und Ungelesene ein, jeweils alphabetisch. Man müsste da aber an sich keinen Unterschied machen. Es müsste durchaus zu erinnern sein, welche Bücher bereits gelesen sind und welche nicht. Es sollte auch nichts ausmachen, ein Buch zweimal zu lesen. Aber für Karl macht es einen bestimmten Sinn, die Bücher so und nicht anders zu ordnen. Er hatte sie einmal nach der Reihenfolge des Lesens geordnet. So hätte er eine eventuelle geistige Entwicklung anhand des Buchlesens nachvollziehen können. Aber hätte er dann die Ungelesenen in der Reihenfolge des Kaufens aufstellen sollen? Alphabetisch geordnet lassen sich die Bücher zu Zwecken des Nachschlagens leichter finden, und es macht sich ansehnlicher. Man könnte die Bücher auch nach Erscheinungsjahren ordnen. Das würde einen historischen Überblick vermitteln. Oder folgerichtig nach Regionen, Ländern, Kontinenten, nach soziogeographischen Gesichtspunkten. Bücher lassen sich nach Größe und Farbe ordnen.

Karls System sortiert in Gelesene und Ungelesene. Daran will sich Karl orientieren. Er will sich ohne große Mühe darüber Überblick verschaffen können, was er bereits gelesen, geschafft hat und was noch zu lesen, zu schaffen ist. Insofern liest Karl nicht nur aus reinem Vergnügen oder intellektuellen Bedürfnissen, er liest auch, um das Verhältnis zwischen gelesenen und ungelesenen Büchern zu verändern. Dabei wird aber die Seite der gelesenen Bücher die Seite der ungelesenen nie besiegen können, denn Karl kauft mehr Bücher, als er lesen kann und dennoch weniger, als er zu lesen sich vorgenommen hat. Karl ist sich darüber im Klaren, dass es eine unbezähmbare Menge von ungelesenen Büchern gibt, aber eine Anzahl von gelesenen, mit der man umgehen kann, die man sich vor die lesenden Augen halten kann, aus Gründen der Befriedigung, des Anreizes oder der Mahnung. Vielleicht würde Karl den Mut verlieren, wenn die gelesenen Bücher in der rückhaltlosen Menge der ungelesenen untergingen. Welch ein Pensum. Hatte Karl sich die Bücher angeschafft, oder hatten sich die Bücher Karl angeschafft? Ist Karl auch nicht unbedingt Gefangener seiner Bücher, so ist er zumindest Gefangener seiner Angewohnheiten. Mit diesen Gedanken erhebt Karl sich endlich von seiner Sitzgelegenheit.

Alles in diesem großen Raum steht miteinander in Verbindung. Der Ausgangspunkt, der zentrale Knoten, ist Karl selbst. Er stellt sich vor: Er wird verhaftet, die Wohnung durchsucht. Die Detektive würden sich wundern! Hier gibt es unzählige Gestalt gewordene Anekdoten: Fotos, Briefchen, Notizen, natürliche und unnatürliche Objekte aller Art, Subversives und Allzunormales. Würden die Detektive das wirkliche Wichtige, das Relevante für eben diesen, zu untersuchenden Fall entdecken? Das wäre ihr Job. Karl wünscht sich keine Hausdurchsuchung, Heimsuchung. Aber würde sie stattfinden, so wäre er dabei gern anwesend. Er möchte die Gesichter sehen.

Privatsphäre: Fühlt man sich hier wirklich unbeobachtet? Bewegt man sich hier unbefangen? »Wie attraktiv bin ich hier eigentlich?«, fragt sich Karl und steht vor dem Spiegel. »Mal ehrlich! Wenn nicht hier, wo sonst?« Zuweilen sitzt Karl am Schreibtisch und schreibt in sein Tagebuch. Nicht nur, um zu schreiben, sondern auch, um es später zu lesen. So soll es also lesenswert sein, wahr und unterhaltsam. Ist Karl in seiner Wohnung gleichzeitig wahr und unterhaltsam? Warum sonst schneidet Karl Grimassen im Spiegel?

Karl wendet sich vom Spiegel ab und schaut erneut im Zimmer umher. Er fragt sich, ob die Gegenstände im Raum, der Raum selbst und dessen Aufteilung seine wirklichen Prioritäten repräsentieren. Man könnte es meinen. Da sind zum Beispiel seine Gemälde, die vielen gespannten Leinwände und Rahmen. Sie stehen herum, lehnen aneinander an den Wänden. Seltsam mutlos kommen sie Karl hier vor. Es wird Zeit, dass sie sich andere Wohnungen suchen. In der Stille und im Dämmerlicht sehen die Bilder zwecklos aus.

Bevor sich sein Gemüt weiter verdunkeln kann, greift Karl eine leichte Jacke, verlässt die Wohnung und schließt die Tür hinter sich. Es wird keiner kommen, um ihn vor sich selbst zu retten. So geht er also hinaus auf die Straße und mischt sich unter die Leute. Es herrscht die Tageszeit, zu der man den Menschen ihre Berufe nicht mehr ansieht.

Es ist noch immer warm. Karl kann nicht entscheiden, ob er wach oder müde ist. Er ist aufmerksam und klar, und doch gähnt er, hat trockene Augen. Das muss an der Witterung liegen. Die Luft steht still.

Automatisch geht Karl in eine bestimmte Richtung.

Karl betritt die Gaststätte. Hinter sich lässt er ein dunkles Blau und bereits einige der kräftigeren Sterne, Laternenlicht und den Straßenverkehr. Im vorderen Raum, noch verhältnismäßig leer, riecht es nach Bier und Zigarettenrauch. Nur wenige Tische sind besetzt. Leute essen und erzählen. Es herrscht angenehmes Licht, nicht zu hell, selbst wenn man aus dem Dunkeln kommt. Die Geräuschkulisse ist seltsam direkt und persönlich. Einige Blicke folgen Karl. Schnell geht er durch diesen Raum, folgt einem kurzen Korridor in den hinteren, kleineren Raum. Hier befinden sich kleine, runde Tische, mit Kerzen, es duftet nach Pfannkuchen und Gebäck, nach Tee und Kaffee. Bilder hängen an den Wänden, einige davon stammen von ihm. Sie passen farblich zu der Atmosphäre, sind nicht aufdringlich, aber sichtbar. Musik aus kleinen Lautsprechern weicht die Gespräche auf, erleichtert es, anderer Leute Unterhaltung fernzuhalten. Es ist aber nicht zu laut, um zuhören zu können. Das Hinterzimmer ist gut besucht. Tsarath sitzt allein an einem Tisch. Karl setzt sich ungefragt hinzu. Überschwenglich wird Karl von Tsarath begrüßt. Er lacht und ist wie immer aufmunternd. Als ob sie sich lange nicht gesehen hätten. Karl lächelt. Beide treffen sich hier fast täglich. (Das ist übertrieben, aber es kommt Karl so vor.)

»Na, wie geht's, Alter?«, fragt Tsarath und übernimmt die Rolle des unbeschwerten Zeitgenossen. Karl reagiert darauf mit einem unbefriedigten: »Geht so, ich hatte bessere Tage.«

Tatsächlich hat Karl bessere Tage gehabt, was nicht bedeutet, sie wären produktiver oder erfolgreicher gewesen. Einige Tage fühlen sich besser als andere an. Einige fühlen sich erfüllender an. Jetzt ist eine Leere in Karl, die nur mit sozialer Interaktion zu füllen ist, mit Ablenkung. Aber was ist wirklich Ablenkung? Hier mit Tsarath zu sitzen und zu plaudern, oder zu Hause vor einem Stück Papier am Schreibtisch zu sitzen. Wohl eine Sache der Tageszeit und des Tageslichts. Als Karl sagte: »Geht so, ich hatte bessere Tage«, sagte er es mit neutraler Betonung. Es ist irgendwie egal und bedarf keiner besonderen Betonung, keines Aufhebens.

Sie bestellen zwei Bier und bereiten sich auf einen längeren Abend vor.

Tsarath ist hier fast immer anzutreffen, liest Zeitung, ein Buch, oder macht sich Notizen.

Er wohnt zwar in der Nähe, in einer wirklich kleinen Wohnung mit spartanischer Einrichtung, ist aber so gut wie nie zu Hause. Jedenfalls scheint es so. Man trifft ihn entweder hier, bei schönem Wetter auf einer Parkbank, oder als Besucher bei irgend welchen Freunden. Tsarath kennt viele Leute, er ist bekannt. Richtig kennen ihn nur die wenigsten, glaubt Karl, und wie »richtig« das wirklich ist, ist beinah eine Sache der Selbsteinschätzung. Einiges in Tsaraths Wesen ist Karl schleierhaft, und das nicht ohne Tsaraths Zutun. Es ist schwer auszumachen, was Tsarath motiviert, was ihn wirklich interessiert. Man kann sich stundenlang lebhaft mit ihm unterhalten, ohne tatsächlich das Gefühl zu haben, Tsarath hätte sich darum gekümmert, um was es ging. Er ist ein guter Zuhörer, aufmunternd, begeistert nickend, lachend, zustimmend. Aber oft stellt sich der Verdacht ein, dass es Tsarath letztendlich nicht um den Inhalt des Gespräches geht, auch nicht unbedingt um den Gesprächspartner, sondern um den Umstand und die Dynamik des Gespräches selbst. Tsarath ist in der Lage, durch Zuhören ein Gespräch zu lenken. Man ist sich darüber einig, das Tsarath hochintelligent und nahezu allwissend ist. Davon ist er selbst ebenfalls überzeugt. Es ist selten, aber es kommt vor, das Tsarath etwas Falsches vehement argumentiert. Oder er macht sich einen Spaß. Wer weiß? Jedenfalls ist er eine Quelle des Wissens mit ungeheurem Gedächtnis. Er scheint nichts zu vergessen. Alles, was er jemals gelesen hat, scheint in ihm unmittelbar präsent und verfügbar zu sein. Bewundernswert. Und obwohl das wohl alles stimmt, kann keiner wirklich mit Sicherheit sagen, ob sich Tsarath für etwas Bestimmtes begeistern kann. Er informiert sich, und er informiert sich bestens, aber ohne Dringlichkeit, leichtfällig.

Karl und Tsarath kennen sich seit geraumer Zeit. Man unternimmt viel zusammen, trifft sich hier, bei Karl im Atelier, welches gleichzeitig seine Wohnung ist, selten bei Tsarath, dort lässt sich dieser nur abholen, dort gibt es noch nicht einmal eine Sitzgelegenheit.

Beide gehen zusammen spazieren, fahren gelegentlich aufs Land, besuchen zusammen Veranstaltungen und Parties. Und doch ist sich Karl nicht sicher, was Tsarath letztendlich über ihn, Karl, denkt. Zusammen können sie sich prächtig über andere aufregen. Karl fragt sich, ob sich Tsarath mit anderen ebenso vehement über Karl aufregt. Jedenfalls ist Tsarath von Karls Kunst begeistert. Er hält Karl für einen überdurchschnittlichen Künstler. Es macht für ihn da keinen Unterschied, dass Karl bisher allgemein unerkannt und dementsprechend mittellos geblieben ist. Tsarath selbst ist in künstlerischen Dingen untalentiert. Aber er hat eine ausgeprägte und fundierte Meinung. Derzufolge ist Karl verkannt und sollte keine Zweifel haben in Bezug auf späteren künstlerischen Erfolg. Das ist nur eine Frage der Zeit und der Ausdauer. Karl will dem nichts hinzufügen. Er will nicht skeptisch erscheinen, nicht die gute Stimmung verderben. Denn darum geht es Tsarath. Was kümmert das wirklich Tsarath, was kümmert ihn überhaupt?

Karl will sich nicht beschweren. Mit Tsarath kann man sich köstlich amüsieren, man darf ihn nur nicht da ranlassen, wo man verletzlich ist. Tsarath kennt keine Rücksicht, es scheint nichts Tragisches für ihn zu geben. Dann merkt man wieder, wie wenig man wirklich weiß über Tsarath. Er spricht nicht von sich, er ist nie Gesprächsthema.

Karl weiß, wo Tsarath wohnt, kennt einige seiner Gewohnheiten, jedenfalls die sichtbaren.

Es ist gewöhnlich nicht schwer, Tsaraths Aufenthaltsort ausfindig zu machen. Er lebt auf kleinem Radius. Seine Geldquellen sind unbekannt. Er hat auch selten Geld. Karl weiß, dass Tsarath keine Eltern mehr hat. Möglicherweise finanziert sich Tsarath sein Leben durch diesen Umstand. Er arbeitet nicht, oder wenn, dann behält er es für sich. Tsarath beobachtet: Seine Freunde, deren Treiben, was vor sich geht, was gelesen wird, was angesehen wird. Tsarath nimmt teil an der Welt, indem er beobachtet, wie ein Dritter. Diese Erkenntnis behält Karl allerdings für sich. Andere hätten an solchen Gedanken kein Interesse. Karl versucht, hinter die Kulissen zu blicken und ist ebenso bedacht darauf, sich Tsarath nicht völlig zu öffnen. Tsaraths Meinung zu Karls Kunst ist Karl keine Hilfe. Tsarath ist begeistert und das hat weiter keine Konsequenzen. Einen Moment später ist Tsarath begeistert von etwas anderem. Davon ist Karl allerdings fasziniert: Diese Leichtigkeit, die Tsarath ausstrahlt, mit der er sich aufregt und sich erfreut. Nichts hat Konsequenzen.

Es ist ihm auch unwichtig, ob man sich ihm ganz öffnet, ganz ehrlich ist, oder ob man ihm das Blaue vom Himmel vorspinnt. Tsarath unterhält sich bestens, in jedem Falle.

Manchmal glaubt Karl, dass Tsarath verrückt ist, ein wahnsinniges Genie. So außenstehend ist er selber nie betroffen, von nichts. Als ob die Welt ein Film für ihn ist, in den er nach Belieben eingreifen kann. Dem eifert Karl nach. Aber er weiß, dass er sich diese Sichtweise nicht aneignen kann. Und so nimmt er stattdessen an Tsaraths Unbekümmertheit in dessen Gesellschaft teil. Man amüsiert sich bei Bier.

Tsarath erkundigt sich nach den Fortschritten des Tages. Wie geht's voran, woran arbeitet er, wie ist die Auftragslage. Mit großen Augen und aufmunterndem Lächeln saugt er Karls Worte in sich auf und bohrt nach Einzelheiten. Beim ersten Gewahrwerden von Karl hat er sein Buch zugeklappt und es in seine Jacke gesteckt. (Karl fragt sich später, ob es ein Buch über Zauberei gewesen ist.) Das tut Tsarath immer, er will nicht unhöflich sein und sich ganz auf den gegenüber konzentrieren. Oder er denkt, die Zeit für Ernsthaftes ist für eine Weile vorüber. Will er Karl vielleicht mit dem Buch, mit seiner Lektüre nicht verunsichern? Aber darum würde sich Tsarath sicher nicht kümmern. Trotz Karls Zweifel ist es wohl eher so, dass Tsarath sich einfach auf Karl konzentrieren möchte. Karl stellt sich vor, er würde aufstehen und langsam vom Tisch weggehen. Bei einer bestimmten Entfernung Karls vom Tisch würde Tsarath das Buch automatisch wieder aus der Tasche ziehen und weiterlesen. Mühelos würde er wieder hineinfinden und den Faden aufgreifen, nichts vergessen haben.

Karl erzählt von seinem Tag, vom späten Aufstehen, vom Frühstück in der sonnigen Küche, von offenen Fenstern und frischer Luft. Gelesen habe er dann für eine geraume Zeit und dann angefangen, an der Zeichnung weiterzuarbeiten. Dabei habe er dann den Zeitsinn verloren. Karl winkt ab, es handle sich um eine Auftragsarbeit, Illustrationen für einen wenig lukrativen Job, nichts Besonderes. Leider habe er bereits zuviel Zeit und Energie da reingesteckt. Er sei nicht dazu gekommen, sich um seine Malerei zu kümmern. Man brauche da die innere Bereitschaft, den richtigen Zustand, den richtigen Umstand, Intuition. Tsarath nickt verständnisvoll. Das kann er sich vorstellen. Wenn man Künstler ist, bestätigt er, könne man mit der Kunst nicht leichtfertig umgehen. Das ist eine Sache der Fähigkeiten, der Kreativität und der richtigen Momente. Karl bemerkt, wie es ihm missfällt, so allgemein über seine persönlichen Schwierigkeiten mit seinen künstlerischen Bemühungen zu sprechen. Sicher, Tsarath hat Recht, auf eine pauschale Art. Aber Karl glaubt, eigene, nur ihn betreffende Gründe für sein zeitweiliges Zögern oder sogar Unvermögen zu haben. Er ist aber nicht hierher gekommen, um darüber zu reden oder nachzudenken. Vielmehr betont er noch mal das schöne Wetter, die klare, warme Nacht, den ansehnlichen Frühling. Betont sieht er sich nach den weiblichen Gästen um. Tsarath trinkt Bier und lacht. Er wippt mit dem Stuhl und faltet die Hände über dem Bauch. Tsarath trägt wie gesagt eine leichte Jacke mit tiefen Taschen, darunter einen Pullover im Farbton von ausgelaugtem Stroh. Seine braunen Haare sind schulterlang und ungekämmt. Er hat wässerige Augen, macht sonst aber einen munteren Eindruck. Nach einem Moment des Schweigens fragt Tsarath: »Mal was von Lise gehört, wie geht's ihr?«

»Lise befindet sich momentan in den Bergen«, sagt Karl und schaut auf das Bierglas in seiner Hand. »Sie ist mit Pagels zum Skilaufen gefahren.«

»Zum Skilaufen«, wiederholt Tsarath und prustet lachend. »Und ausgerechnet mit diesem Pagels …?«

»Dabei kann sie gar nicht Skilaufen«, sagt Karl und lacht ebenfalls. Dabei stellt er sie sich vor, mit wackeligen Beinen auf zwei Brettern, mit den Armen rudernd, aber fröhlich. Pagels redet ihr aufmunternd zu und zeigt ihr, wie man's macht. Sie ist ungeschickt, aber entzückend.

»Wie ist sie denn auf die Idee gekommen?«, fragt Tsarath abschätzend, als wäre Skilaufen etwas Lächerliches oder die Wahl der Begleitung eine Enttäuschung.

Dabei hat er keine Ahnung vom Skilaufen oder Wintersport im Allgemeinen und kennt Pagels nur flüchtig.

»Pagels hat sie gefragt, ob sie nicht Lust hätte, mit ihm in den Urlaub zu fahren«, erklärt Karl. Falls Bitterkeit in Karls Stimme ist, oder in seinen Gedanken, hat Tsarath es bemerkt.

»Ich dachte, ihr wolltet mal zusammen wegfahren«, stellt er fragend fest.

»Das ist schon eine Weile her und hat sich nicht ergeben. Außerdem habe ich nicht das nötige Geld, um jetzt wegzufahren.«

»Und wie geht's ihr?«, fragt Tsarath nochmal.

»Ach, ich denke, ihr geht es gut. Nichts geht über klare Alpenluft, eine rote Nase, Glühwein am Abend und eine nette Hütte in den Bergen. Sicherlich wird auch gejodelt.«

Tsarath lehnt sich zurück und lacht leise. Er weiß, dass Karl und Lise seit einiger Zeit Schwierigkeiten miteinander haben, milde ausgedrückt. Von der Liebesbeziehung ist nicht mehr viel übrig, eine Reise von ihr und Pagels durchaus nichts, worüber man sich aufregen darf. Karl verfällt in Schweigen. Er möchte darüber gar nicht richtig nachdenken. Jedenfalls nicht jetzt. Wenn er sich nicht zu beschäftigen weiß, erscheint sie ihm in seinen Gedanken, ihr Gesicht, ihre Bewegungen, ihre Statur.

Jetzt mit Skianzug und guter Laune irgendwo im Süden, mit Pagels. Das ist alles so furchtbar banal. Es ist ungerecht, sich darüber aufregen zu sollen an einem mittelmäßigen Tag, während man mit Tsarath an einem Tisch sitzt und Bier trinkt. Aus dem Moment heraus spricht er das Wort aus:

»Banal.«

Karl sieht sich in der Gaststätte um, betrachtet die Besucher, die Paare an den Tischen, in Gespräche und ineinander vertieft. Hier, wie überall, spielt sich das Zwischenmenschliche ab, in aller Alltäglichkeit. Es ist nichts Besonderes an »Karl und Lise«. Das ist lediglich eine weitere Variante. Nicht der Rede Wert. Nicht wert, um zuzusehen und zuzuhören. Es hat sich nichts Außergewöhnliches ereignet. Das hat seinen Lauf genommen. Karl bricht es das Herz.

Währenddessen sagt Tsarath: »Na klar. Sie wird hübsch erholt wird sie wiederkommen.«

Karl lächelt, macht es sich bequemer und sieht Tsarath in die Augen. Er sagt nichts.

Das Bier verbreitet ein wenig Seligkeit. »Sich abfinden« ist eine unausweichliche Angelegenheit. Man kann sich darin üben, sich nichts anmerken zu lassen. Karl ist sich seiner eigenen Beschränkungen bewusst und beginnt sie zu transzendieren, indem er versucht, sich von außen zu betrachten, als jemand, der mit Tsarath an einem dieser Tische sitzt und schwatzt. Und auf einmal ist er abgeklärt, sein Lächeln ist nun herausfordernd. Die Betroffenheit ist gewichen. Konsequenterweise findet er Tsaraths nächste Äußerung unterhaltsam:

»Einen richtig zufriedenen Eindruck machst du aber nicht gerade.«

»Zufrieden bin ich nie«, sagt Karl fest. »Ich liebe meine Unzufriedenheit. Ohne meine Unzufriedenheit könnte ich mich nicht vorwärts bewegen. Ich wäre Postbote geworden und würde Fernsehen gucken, in aller Zufriedenheit. Unzufriedenheit ist meine Triebfeder. Es gibt immer etwas Besseres.«

»Mit *der* Einstellung ist es sicherlich nicht schwer, anderen Leuten auf die Nerven zu fallen«, sagt Tsarath. Es ist Karl nicht klar, wie er das gemeint hat. Sicherlich meint Tsarath nicht sich selbst, wenn er von »anderen Leuten« spricht.

»Hör zu«, fordert Karl überflüssigerweise, »das muss nicht bedeuten, dass ich den ganzen Tag schlecht gelaunt bin und mit mir ringe. Es spornt mich an, trägt dazu bei, dass ich mich weiterentwickle. Unzufriedenheit hält mich fit.«

Karl gefällt es, diesen Standpunkt zu vertreten. Seiner Meinung nach hört sich das gut an und gibt seiner Unruhe einen positiven Dreh. Tsarath bezweifelt das nicht. Er fragt nur, ob es denn vorgesehen sei, dass Karl irgendwann einen Zustand der Zufriedenheit erreicht oder erreichen will. Karl hofft, auf dem Sterbebett mit Zufriedenheit und innerer Ruhe auf sein Leben zurückzublicken. Das allein sei sein momentaner, persönlicher Auftrag. Tsarath und Karl schauen sich lächelnd an. Beide wissen, dass Karl momentan keine gute Figur macht. Er hat sich verzettelt. Die Geschichte mit Lise macht ihm zu schaffen, bereitet ihm eine innere Unrast, die es ihm schwer macht, sich zu konzentrieren. Künstlerisch hinkt er sich qualitativ und quantitativ hinterher. Es will nichts so richtig gelingen.

Nach einiger Zeit des Schweigens macht Tsarath einen eigenartigen Vorschlag. Dieser zeigt, dass Tsarath sich wohl bewusst ist, in welchem Zustand sich Karl befindet. Er zeigt ebenfalls, dass Tsarath vor nichts zurückschreckt um andere, in diesem Fall Karl, herauszufordern und sich dabei gut zu unterhalten. Karl hat noch nicht die geringste Ahnung von den Auswirkungen dieses Vorschlags, geht erst belustigt, dann nachdenklicher darauf ein.

Tsaraths Vorschlag lautet: »Ich mache dir ein Angebot: Du hast einen Wunsch frei. Wünsche dir was du willst, und ich werde diesen Wunsch erfüllen. Nur einen. Also denke gut nach.«

Karl lacht erst und sagt dann: »Das Spiel habe ich zu oft gespielt. Damit kann man sich Nächte um die Ohren schlagen. Damit und mit der Frage: Was würde ich mit einer Million Euro machen.«

Darauf antwortet Tsarath: »Der Unterschied ist, dass ich dir den Wunsch erfüllen werde.«

»Warum sollte das ein Unterschied sein?«, fragt Karl, »Ob ich mir die Frage nach dem Wunsch selber stelle oder von dir gefragt werde. Am Resultat sollte sich nichts ändern.

Es ist müßig, sich damit zu beschäftigen. Das macht Spaß, wenn man noch zur Schule geht. Jetzt finde ich so was eher irrelevant.«

»Nun ja«, sagt Tsarath, »ich glaube nicht, dass du wunschlos glücklich bist.«

»Das sicher nicht, aber was nützt es, sich die Zeit zu vertreiben mit Wünschen, die leider nicht gegen die Realität ankommen?«

»Aber«, bekräftigt Tsarath noch mal, da Karl zu missverstehen scheint, »dieser Wunsch wird erfüllt. Eine einmalige Chance. In diesem Fall ist nichts unmöglich.« Tsarath schaut Karl ernst und herausfordernd an. Karl lacht. Tsarath lässt sich davon nicht aus der Ruhe bringen. Karl lacht und schüttelt den Kopf. Tsarath lehnt sich zurück und betrachtet Karl wie ein Experiment. Karl beruhigt sich wieder, und ist überrascht, das Tsarath nicht ebenfalls gelacht hat. Er hat doch hoffentlich nicht den Humor verloren. Er sagt nichts, so als wolle er das Gesagte einsickern lassen. Karl hat keine Lust, sich von Tsarath veräppeln zu lassen. Dessen ruhige, überhebliche Miene ist unangebracht angesichts dieses dummen Vorschlages. Nicht zu glauben, auf was für Ideen er manchmal kommt. Als ob er, Karl, sich davon jetzt beeindrucken lassen könnte, als ob es sich dabei um etwas handele, was es zu diskutieren oder durchdenken lohnt. Was würde man sich wünschen, wenn man einen Wunsch frei hätte? Welchen Hasen würde man aus dem Hut ziehen? Leider keinen Hasen, der nicht schon vorher im Hut gewesen ist. In Karls Lage ist jeder Wunsch ein Grund der Frustration, ein Anzeichen dafür, wie unzufrieden er wirklich ist. Öl ins Feuer. Was kann man haben wollen, was kann man sein wollen, was ist man? Warum sollte man darüber nachdenken wollen.

Karl greift sein Bierglas. Er will davon nichts hören.

»Also«, sagt Tsarath, »ich gebe dir einen Wunsch frei. Lass dir ein paar Tage Zeit und lasse mich wissen, wie du entschieden hast.«

»Warum sollte ich mir ein paar Tage Zeit lassen?« fragt Karl abfällig lachend.

»Nun, einen Wunsch nimmt man nicht auf die leichte Schulter. Den einzigen, wohlgemerkt. Das hat Tragweite. Denke darüber nach!« Tsarath trinkt. Mehr hat er dazu nicht zu sagen. Karl regt sich innerlich darüber auf, wie weit Tsarath den dummen Scherz treiben will.

Beide sagen wieder für einige Zeit nichts. Es herrscht keine bedrückende Stille. Es gibt genug Geräusch in diesem Raum:

Musik und diverse Gespräche. Ein allgemeines Geschnatter und Jauchzen.

Nach einer Weile wird es Tsarath wohl langweilig. Er fragt Karl, ob er nicht Rainer anrufen und fragen möchte, ob er, Rainer, nicht herkommen will. Dagegen hat Karl nichts einzuwenden. Rainer wird sicherlich kommen und die dumpfe, angegriffene Stimmung retten. Rainer ist ein unterhaltsamer Zeitgenosse, trinkt gern Bier und erzählt. Karl sagt zu Tsarath, er möge bitte noch ein paar Bier bestellen, erhebt sich schwerfällig und begibt sich zur Telefonzelle außerhalb der Gaststätte. Sie steht an einer der gemauerten Wände, leuchtet gelb in der Dunkelheit. Es ist kalt geworden, wie erwartet. Karl öffnet die Tür, füttert Münzen in den Apparat und wählt, während sich die Tür langsam schmatzend schließt. Überdeutlich sieht Karl den Schmutz und die Kritzeleien in der Telefonzelle im grellen Licht. Er schabt mit den Füßen auf dem Metallfußboden. Sand knirscht. Abgedämpft dringt der Verkehrslärm durch das Glas, Rainers Telefon tutet.

Karl hört sich atmen, sieht sich im spiegelnden Glas. Karl sehnt sich nach seinem Bier. Es ist kalt und riecht nach Telefonzelle. Es sind nur Sekunden, bis Rainer sich meldet, doch die Zeit scheint sich zu dehnen.

»Rainer«, sagt Rainer fragend. Karl presst sich den Hörer ans Ohr.

Karl macht den Vorschlag, er möge sich doch zu ihnen gesellen, auf ein paar Bier.

»Ja, das mach ich doch glatt«, sagt Rainer ohne Umschweife, freut sich, angerufen worden zu sein. Rainer isst gerade, es wird also wohl eine Stunde dauern, bis er dort sein kann, und ob man so lange warten kann. Rainer benutzt öffentliche Verkehrsmittel. Das braucht seine Zeit. Karl zerstreut diese Bedenken. Tsarath und er werden warten, sehnsüchtig. Rainer lacht. »Na, dann werde ich mich wohl beeilen müssen.«

Ohne sich zu verabschieden hängt Karl den Hörer auf die Gabel, verlässt die Telefonzelle. Er verschwindet noch schnell hinter einem Baum im Dunkeln und geht dann zurück in die Gaststätte. Wieder empfängt ihn der Lärm der Leute und die warmen Farben. Zwei Bier werden an den Tisch gebracht. Karl setzt sich. Natürlich hat Tsarath wieder gelesen. Erneut steckt er das Buch in die Tasche und prostet Karl zu. Gerade, als sie sich wieder zu unterhalten beginnen, erscheint Rainer in der Gaststätte und klopft beiden auf die Schultern. »Na, wie geht's?«

Tsarath begrüßt Rainer überschwenglich, wie nicht anders zu erwarten. Rainer schiebt einen Stuhl heran und zieht seinen Mantel aus. Erfreut sieht er das Bier an. Karl ist zu überrascht, um gleich etwas zur Begrüßung zu sagen. Ihm fehlen die Worte. Er schaut zu Tsarath, welcher den Blick freundlich lächelnd erwidert. Tsarath hebt die Augenbrauen, zwinkert ihm zu. Karl sieht wieder Rainer an, und dieser sagt noch mal, an Karl gerichtet: »Na, wie geht's denn?«

Karl sagt: »Was machst du denn hier.« Mehr Feststellung als Frage.

Rainer erwidert mit gespielter Empörung: »Na, du bist ja begeistert, mich zu sehen.«

»Aber ich habe dich doch gerade erst angerufen«, behauptet Karl verständnislos.

»Ich habe doch gesagt, dass es ein Stunde dauern wird.« Er schaut auf seine Uhr. »Und … fast genau eine Stunde.«

Rainer ist bester Laune. Er übersieht Karls echtes Erstaunen. Karl merkt, dass Rainer nichts Außergewöhnliches darin findet, so kurz nach dem Telefonat hier erschienen zu sein. Karl ist sich auch plötzlich im Klaren darüber, das Rainer gar nicht so schnell hierher gelangt sein kann. Es ist unmöglich, das in ein paar Minuten zu schaffen. Das gelingt selbst mit dem Auto auf leeren Straßen nicht. Rainer muss bereits in der Nähe gewesen sein.

Aber er kann nicht gleichzeitig in der Nähe und zu Hause am Telefon gewesen sein.

Karl sitzt stumm auf seinem Stuhl. Rainer und Tsarath reden, kümmern sich nicht um ihn. Rainer bestellt sich ein Bier und einen Schnaps. »Oberflächlich betrachtet ist hier was faul«, denkt Karl. »Ich habe Rainer vor gut zehn Minuten angerufen. Er war zu Hause, das ist klar. Es war Rainer am Telefon, keine aufs Band gesprochene Mitteilung«. Karl rekapituliert die Unterhaltung am Telefon. »Dann habe ich die Telefonzelle verlassen, bin pissen gegangen und gleich danach wieder hierher. Das alles hat vielleicht fünf Minuten gedauert. Gleich darauf steht Rainer hier am Tisch«.

Er sieht Rainer zu, wie er sich lebhaft mit Tsarath unterhält. Es ist nichts Auffälliges an Rainer. Es scheint nicht so, als hätte er einen Scherz oder Schlimmeres ausgeheckt.

Rainer ist ahnungslos, warum Karl in Gedanken versunken scheint. Karl fragt, und unterbricht dabei das Gespräch, laut genug, um ungeteilte Aufmerksamkeit zu erregen:

»Wann habe ich bei dir angerufen, Rainer?«

»Mensch, Karl«, sagt Rainer heiter, »Wie gesagt, so vor einer Stunde.«

»Die genaue Uhrzeit«, verlangt Karl zu wissen.

»So um halb neun, würde ich sagen«, antwortet Rainer und schaut noch mal auf seine Uhr. »Jetzt ist es kurz vor zehn.« Sagt er und deutet auf die Uhr an der Wand hinter dem Tresen. Karl schaut sich um, liest die Uhrzeit. Tatsächlich, die große Uhr zeigt fast zehn. Tsarath lacht.

Rainer und Tsarath reden über Musik. Ein Lieblingsthema der beiden. Trifft man sie zusammen an, so reden sie über Musik. Rainer scheint geboren worden zu sein, um Musik zu hören, sich daran zu begeistern und sich darüber zu unterhalten. Er verbringt seine Zeit damit, zu Hause Musik zu hören oder in Konzerte zu gehen. Seine Sammlung ist enorm, sein Wissen umfangreich. Eine weitere Beschäftigung Rainers ist das Lesen von Geschichtsbüchern. Rainer liest Bücher über die Geschichte der Menschheit wie andere Leute Kriminalromane lesen. Er schreckt nicht vor den dicksten Büchern zurück. Es geht ihm nicht so sehr um geschichtliche Daten, um Jahreszeiten oder Heeresstärken, vielmehr erbaut er sich an den verzwickten Wegen des Schicksals in den Geschicken der Menschheit. Am »Heute« scheint ihn nur die Musik zu interessieren. Es ist nicht überraschend, dass sich auch Tsarath bestens in Geschichte auskennt, und er zögert nicht, sein umfassendes Wissen zu bekunden. Rainer und Tsarath reden jedoch selten über Geschichte. Rainer hat Spaß an den Vorkommnissen der menschlichen Vergangenheit, Tsaraths Interesse dagegen ist wissenschaftlich.

Rainer redet lieber über Musik. Tsarath ist einer der wenigen, die wissen, wovon Rainer redet. Er kennt sich mit Musik ebenfalls sehr gut aus. Sie gehen zusammen zu Konzerten, wenn Rainer den Eintritt spendiert.

Karl selbst weiß wenig über Musik. Manchmal folgt er Rainers Vorschlägen und kauft sich eine CD. Er glaubt nicht, einen eigenen Geschmack zu haben, jedenfalls keinen, der der Rede wert wäre.

Auch von Geschichte versteht Karl nicht viel. Die unüberschaubare Datenflut, die Menge der Kulturen, Tausende von Jahren, das schreckt Karl ab. Er wüsste nicht, wo er anfangen sollte. Ein Feld des Wissens, in dem er untergehen würde. Kunsthistorisch ist er ein wenig gebildet, nichts Besonderes.

Insofern beteiligt sich Karl nicht an dem Gespräch. Vielmehr grübelt er über das unerklärlich frühzeitige Auftauchen Rainers nach. Es kommt ihm so vor, als sei Rainer etwas Unnatürlicher widerfahren. Für Rainer ist eine Stunde vergangen, während für den Rest der Welt nur fünf Minuten vergangen sind. Die Uhr hinter dem Tresen könnte falsch gehen. Dennoch kann Rainer niemals so schnell die Gaststätte erreicht haben.

Karls Gedanken drehen sich im Kreis, bis er zur Sicherheit auf die eigene Armbanduhr schaut. Sie funktioniert, und Karl weiß, dass sie die Zeit korrekt angezeigt hat. Nach Karls Armbanduhr ist es jetzt kurz nach neun Uhr. Verwirrt glotzt Karl ins Leere. Genau das nimmt Karl gefühlsmäßig an, nämlich, dass er erst vor einer halben Stunde mit Rainer am Telefon gesprochen hat. Rainer behauptet, und will das mit der Uhr an der Wand beweisen, dass es vielmehr eine Stunde später ist, nämlich die Stunde später, die er gebraucht hat, um hierher zu kommen. Karl beugt sich zum Nebentisch und fragt nach der Uhrzeit. Man antwortet ihm. Es sei viertel nach zehn. Man sagt ihm, dass es eine Uhr an der Wand hinter dem Tresen gäbe. Karl bedankt sich. Karl fühlt sich plötzlich nüchtern. Er trinkt schnell sein Glas leer und setzt es hart auf den Tisch.

Rainer und Tsarath gucken ihn kurz an, erwartungsvoll, widmen sich dann aber wieder ihrem Gespräch.

Kurze Zeit später unterbricht Karl sie mit einer Frage an Tsarath:

»Wie lange war ich draußen, als ich Rainer anrufen wollte?«

Beide schauen ihn erstaunt an. Er wiederholt seine Frage dringlicher.

Darauf sagt Tsarath, dass er sich ziemlich lange aufgehalten habe, vielleicht eine Dreiviertelstunde. Karl schüttelt den Kopf. Er behauptet, er habe sich nur kurz draußen aufgehalten, nur kurz telefoniert.

»Wahrscheinlich hast du draußen eine nette Frau kennen gelernt«, vermutet Rainer und lacht laut über seine Bemerkung. Karl schaut zu Tsarath. Dieser lächelt gutmütig und nickt. Sie bemerken den Ernst der Lage nicht. Karl zeigt ihnen seine Armbanduhr, deutet mit dem Finger drauf und behauptet:

»Meine Uhr zeigt an, dass ich nur kurz vom Tisch verschwunden bin.«

»Deine Uhr spinnt.«

»Meine Uhr spinnt nicht.«

»Du spinnst. Du brauchst mehr Bier.« Rainer amüsiert sich köstlich und bestellt mehr zu trinken. Dabei singt er vor sich hin. Tsarath hält sich heraus und lächelt Karl an, als wolle er ihm mit seinem Schweigen, mit seiner wissenden Miene etwas mitteilen. Karl sieht sich damit konfrontiert, dass er etwas Unmögliches erlebt hat. Sollte nicht eine äußerst komplizierte Intrige vorliegen, dann gibt es nur eine Lösung des Rätsels: Karl hat eine Stunde seines Lebens verloren. Und nicht nur er. Seine Armbanduhr ebenso. Die Welt hat eine

Stunde ohne ihn und seine Uhr verbracht. Karl ist erleichtert, dass er angetrunken ist. Ohne den Alkohol im Blut würde er jetzt den Verstand verlieren, ohne Zweifel. Karl hängt sehr an der Realität. Er glaubt nicht an Übernatürliches. Übernatürliches würde sein Weltbild gefährden. Es gibt keine Zauberei.

Rainer beugt sich über den Tresen und spricht mit der Bardame. Er ist außer Hörweite.

Tsarath lehnt sich zu Karl und flüstert:

»Ich hoffe, das ist Beweis genug. Ich werde dir deinen Wunsch erfüllen.«

In dem Moment glaubt er Tsarath. Tsarath hat mit dem vorzeitigen Rainer beziehungsweise mit dem eigenen Verschwinden zu tun, soweit ist das klar für Karl.

Das »Wie« ist unklar, genauso unklar wie Tsarath den Wunsch erfüllen will, den Wunsch erfüllen wird.

Karl sieht ein, dass er nicht mehr einschlafen wird. Er ist endgültig wach und wird sich nun um seine Kopfschmerzen kümmern. Natürlich hat er einen Kater. Unwillig rangelt er im Bett herum, stöhnt und murmelt vor sich hin. Er erinnert sich noch, dass ihm jemand angeboten hat, ihn nach Hause zu fahren. An die Fahrt selbst erinnert er sich nicht. Immerhin liegt er im Bett, alles wird gut gegangen sein.

Er erinnert sich, dass Rainer, Tsarath und er sich später zu anderen Leuten, Bekannten, gesetzt und mitgefeiert haben. Unablässig wurde neues Bier bestellt. Man zog um in den vorderen Raum, an die Theke. Karl entsinnt sich, auf einem Barstuhl gesessen zu haben, neben sich ein Mädchen stehend. Man küsst. Karl stöhnt erneut auf.

Er hofft, dass er hat sich nicht daneben benommen hat. Karl

weiß nicht mehr, wer wann gegangen ist und wohin. Er wird zu einem Auto gebracht und nach Hause gefahren. Gut so.

Karl trinkt ein großes Glas Wasser und schluckt drei Tabletten. Dann geht er ins Bad und lässt heißes Wasser in die Wanne. Er legt eine Kassette von Rainer ein und schafft das Telefon zur Badewanne. Er betrachtet sich im Spiegel, seine roten Augen und seine raue Haut. Die Haare stehen zu Berge. Noch befindet sich Alkohol in seinem Blut. Er ist noch ein bisschen betrunken. Zwar hat er Kopfschmerzen, aber er fühlt sich nicht unwohl, fast heiter. Der Himmel ist bedeckt. Gleichmäßiges weißes Licht dringt durch die geschlossenen Fenster. Nackt geht Karl durch seinen Arbeits- und Wohnraum ins Badezimmer zurück, stellt den Wasserhahn ab, prüft die Temperatur des Wassers und lässt sich dann langsam hineingleiten. Es ist später Morgen. Karl plätschert im Wasser und spielt mit dem Schaum, während andere sich an ihrem Arbeitsplatz befinden. Rainer, zum Beispiel, in formeller Bekleidung in seinem Büro. Karl taucht unter. Er lauscht den Geräuschen im und durch das Wasser: Das Radieren seiner Haut an der Innenseite der Wanne, der prickelnde Schaum, die seltsam klingende Musik im Wasser. Karl taucht wieder auf. Er trocknet sich den Kopf mit seinem Bademantelab , der neben der Wanne liegt und ruft Rainer im Büro an. Rainer meldet sich zuvorkommend freundlich an seinem Ende. Ohne Begrüßung fragt Karl:

»Wie bin ich gestern Nacht nach Hause gekommen?«

Rainer lacht wie ein Huhn, das ein Ei gelegt hat und somit stolz die frohe Botschaft verkündet.

»Na, wie geht's denn so«, bringt er schließlich hervor.

»Ach, geht so«, entgegnet Karl, »ich arbeite dran.«

Wieder amüsiert sich Rainer bestens. Ihm gehe es auch nicht so besonders, aber er hätte sich später ein bisschen zurückgehalten, im Gegensatz zu Karl. Dieser hätte versucht, sich diversen Damen auf den Schoss zu setzen, hätte mit Erdnüssen nach seinen Gemälden geworfen und Tsarath damit genervt, dass er sich umgehend etwas wünschen wolle, jetzt und hier. Tsarath hätte ihn händeringend auf später vertröstet. Karl ist beruhigt, dass er nicht ausfallend geworden ist. Er hat wahrscheinlich viel zu viel geredet, aber betrunken waren sie schließlich alle. Nichts Peinliches vorgefallen, nichts Gravierendes. Karl fragt Rainer nochmals nach den seltsamen Umständen von Rainers Erscheinen und seiner eigenen, mysteriösen Gedächtnislücke, aber Rainer macht sich nur über ihn lustig, kann sich schon vorstellen, dass Karl einige Gedächtnislücken von Gestern davongetragen hat, sowas kennt man ja. Karl wendet ein, dass das wesentlich früher am Abend gewesen sei, und dass er da noch nicht betrunken war, aber Rainer entgegnet nur:

»Ja ja, das sagt man denn so.«

Sie tauschen noch einige Anekdoten aus, bis Rainer sich verabschieden muss, man sieht sich später. Karl legt auf und sitzt still in seiner Wanne. Die Musik vermischt sich mit den bohrenden Geräuschen eines Flugzeuges am Himmel. Er rekapituliert den ersten Teil des Abends. Eine bedenkliche Geschichte, fast beängstigend. Aber Karl ist noch zu beschwippst, um sich zu fürchten. Noch ist das Unerklärliche nur kurios. »Ein Phänomen«, denkt Karl. »Entweder, ich habe tatsächlich nicht an der fehlenden Stunde teilgenommen, oder ich wurde clever manipuliert, vielleicht hypnotisiert. Jemand muss meine Armbanduhr zurückgestellt haben, kein leichtes Unterfangen.«

Karl lässt heißes Wasser nachlaufen. Er bedauert den Umstand, dass er nicht ganz in die Wanne passt. Er legt den Kopf auf den Wannenrand und schaut zur Decke hinauf.

Was immer auch geschehen ist, es geschah nicht mir rechten Dingen. Tsarath steckt dahinter. Tsarath ist einfach nicht aktiv genug, um irgendetwas Kompliziertes auszuhecken. Dazu ist er nicht der Typ. Tsarath lehnt sich lieber zurück und beobachtet, was andere machen. Sollte er wirklich in der Lage sein, einen Wunsch zu erfüllen? Sollte er in der Lage sein, Karl für eine volle Stunde verschwinden zu lassen, und zwar deshalb, um zu beweisen, dass er tatsächlich in der Lage ist, Wünsche zu erfüllen, Wunder zu vollbringen. Und warum sollte er es tun. Tsarath ist nicht wichtigtuerisch. Er kann herablassend sein, andere mit seiner Intelligenz und seinem Wissen in die Ecke drängen, aber er ist kein Angeber.

Karl verlässt endlich die Wanne. Er zieht den Bademantel an und trocknet sich die Haare mit einem Handtuch. In der Küche setzt er Wasser für zwei Frühstückseier auf, öffnet eine Dose Ölsardinen und sucht die Utensilien zum Kaffeemachen zusammen.

Das Frühstück ernüchtert ihn weiter. Seine Hände zittern. Eine innere Unruhe stellt sich ein. Es fällt ihm schwer, seine Gedanken zu ordnen. Er steht vom Tisch auf, geht zurück ins Badezimmer, holt das Telefon und legt es neben sich auf den Tisch.

Karl betrachtet es und trinkt Kaffee. Er schiebt den Eierbecher, das Besteck und seinen Teller beiseite. Vor ihm steht eine Obstschale im Gegenlicht des Fensters. Draußen vergeht langsam der Tag. Es sieht trübe aus, die Häuser und der Himmel sind farblos.

Karl nimmt den Hörer langsam von der Gabel, hört das Tuten. Vorsichtig wählt er Tsaraths Nummer, hält den Hörer bedächtig an sein Ohr. Er sitzt ruhig auf dem Stuhl, die Beine unter dem Tisch übereinander geschlagen. Sein Blick geht durch das Fenster ins Leere. Karl lodert innerlich. Er ist sich nicht darüber klar, was er sagen, was er fragen wird. Er ängstigt sich vor den Antworten. Er weiß nicht, auf was er hoffen soll.

Tsarath meldet sich knapp: »Ja?«

»Hallo«, sagt Karl, sachlich. Tsarath wird wissen, wer am Apparat ist, wird seine Stimme erkennen.

»Wie geht es?«, fragt Tsarath ohne besondere Betonung.

»Es geht.« Karl macht eine kleine Pause. Dann fragt er:

»Und selbst?«

Tsarath antwortet: »Mir geht es ausgezeichnet.«

Karl erinnert sich an sein Gespräch mit Rainer. Tsarath wird von sich aus nichts sagen, er wartet auf ihn. Karls Stimme wird weicher und entschuldigender:

»Ich hoffe, ich bin dir nicht zu sehr auf die Nerven gefallen mit meinen Wünschen.« Gespannt wartet er auf Tsaraths Entgegnung.

»Nein, ich habe sie ignoriert. Das meiste war Unsinn, nicht ernst zu nehmen. Ich sagte ja, du hast ein paar Tage Zeit. Nutze sie.«

Da war wieder Tsaraths herablassende Art, sich auf Feststellungen beschränkend.

»Willst du mir tatsächlich erzählen, dass du Wünsche erfüllen kannst?« Karl ist erregt.

Tsarath lacht gutmütig.

»Du glaubst mir nicht.«

»Ich habe keine Lust, mich zum Trottel zu machen.« Das muss Tsarath doch verstehen. Es ist nicht nur unwahrscheinlich, es ist schlechthin unglaublich, dass Tsarath, schließlich ein Mensch wie andere Menschen, Wünsche erfüllen kann wie eine gute Fee. Man befindet sich nicht im Mittelalter.

»Man kann sich auf verschiedene Art und Weise zu einem Trottel machen«, gibt Tsarath zu bedenken. »Warum glaubst du nicht, dass du dir etwas wünschen darfst?«

»Weil sich das ziemlich lächerlich anhört. Musst du zugeben.« Karl möchte Sympathie für seine Lage erwecken. Er kann nicht glauben, dass Tsarath sich einen Scherz mit ihm erlaubt, aber auf der anderen Seite ist es viel verlangt, an magische Kräfte zu glauben.

»Ich finde es lächerlich, sich etwas wünschen zu können, aber so lange daran zu zweifeln, bis die Möglichkeit vergeht.« Tsarath ist die Ruhe selbst. Er ist keineswegs wütend. »Willst du dir lieber nicht etwas wünschen können?«

»Nein«, sagt Karl hastig, »ich habe an einem Wunsch nichts auszusetzen. Aber ich will mir keine vergebliche Mühe machen.«

»Keine Angst«, sagt Tsarath und lacht.

»Kann ich mir wünschen, drei Wünsche frei zu haben?« sagt Karl scherzend, um die Atmosphäre aufzulockern, um sich selbst zu beruhigen.

»Nein«, sagt Tsarath umgehend und ungerührt.

Eine Weile sagen beide nichts. Karl befindet sich in einer absurden Situation. Seine Unsicherheit ist ihm unangenehm, eine Belastung. Aber er kann nicht einfach annehmen, dass Tsarath die Wahrheit spricht. Karl fehlt der nötige Glaube.

»Okay«, bricht es schließlich aus ihm hervor. »Was halte ich in meiner Hand.«

Er fordert Tsarath heraus. Tsarath lacht. Lacht Tsarath, weil Karl schließlich doch auf ihn reingefallen ist, weil er diesen

Unsinn ernst genommen hat? Lacht er über Karls Naivität. Lacht er über sein stures Misstrauen, über dessen Ausdauer? Ist dieser billige Test vielleicht ein Frevel für Wunscherfüller. Karl wird ärgerlich.

»Was halte ich in meiner Hand«, verlangt er zu wissen.

»Du hältst einen Telefonhörer in der Hand«, sagt Tsarath.

»In der anderen«, stößt Karl ungehalten hervor.

»Einen Apfel«, sagt Tsarath ruhig und legt auf.

Karl sitzt unbeweglich am Frühstückstisch. Der Hörer drückt immer noch an sein Ohr. Karl ist keines klaren Gedanken fähig. Das beruhigt ihn momentan ungemein. Langsam legt er auf.

»Was für eine fantastische Möglichkeit«, ruft er dann ins Zimmer hinein und legt den Apfel zurück in die Obstschale.

Geschäftsmännisch gedenkt Karl an die Wahl des Wunsches heranzugehen. Die Kopfschmerzen sind zurückgekommen, er fühlt sich innerlich ausgehöhlt und müde.

Dennoch ist da Energie in ihm. Erwartungsvoll sieht er den nächsten Tagen entgegen. Es wird sich etwas gewünscht, eine Entscheidung muss getroffen werden. Er saugt an einer Flasche Cola. Er rennt im Zimmer umher, versucht dann, sich auf dem Sofa zu beruhigen. Lachend erinnert er sich, dass es also nicht möglich ist, sich weitere Wünsche zu wünschen. Das hätte sich erledigt. Man kann ja erstmal rational an die Sache rangehen. Da vergibt man sich nichts.

Er reibt sich die Hände. Wo anfangen?

Er streicht mit der Hand über den alten Bezug des Sofas, klopft Staub daraus hervor.

Ein altes Stück von unbekannter Herkunft, von irgendwoher mitgenommen und hier aufgestellt. Ein Lager für Gäste und gemütliche Umarmungen. »Ich könnte mir ein neues Sofa wünschen«, denkt Karl und streckt sich auf dem alten aus, verschränkt die Arme hinter dem Kopf. Die Decke braucht einen neuen Anstrich, die daran festgeklebten und aufgehängten Objekte sammeln Staub. Karl Blick folgt Rissen im Putz. Die Schwäche des Materials. Das kann man alles in Ruhe ersetzen. Darum braucht man sich nur kümmern. Karl fängt möglichst klein an. Ein neues Sofa könnte her, ein neuer Anstrich, eine Renovierung. Er könnte für sich und all seinen Kram eine neue, größere Wohnung gebrauchen, in einer besseren Gegend. Karl steht auf und geht zum Fenster. Es wird bereits wieder Abend. Es stört ihn nicht, in diesem billigeren Teil der Stadt zu wohnen. Die Wohnung ist ausreichend. Ein großes Haus wäre schön, ist aber nicht nötig. Auch ein neues Sofa ist nichts Dringendes. Karl setzt sich auf die Fensterbank, schiebt den Kaktus beiseite. Der Sonnenschein wärmt seinen Rücken. Karl schaut in den Raum hinein. Er ist von seinem Besitz umgeben, und obwohl er nichts davon hergeben möchte, so ist doch nicht der Besitz, um den es ihm wirklich geht. All diese Sachen haben eine Bedeutung. Ein sich hergewünschter Gegendstand wäre vielleicht nützlich, aber bedeutungslos.

»Meine Damen und Herren, wiedermal ist es soweit: Eine neue, brandneue Folge ihrer beliebten Fernsehserie: »Ein Wunsch frei«. Unser heutiger Gast ist Karl. Und da kommt er auch schon. Bitte einen kräftigen Applaus für Karl. Karl, wie geht es dir? Hast du dir schon einen Wunsch ausgesucht? Karl lächelt und nickt. Er hat. Karl ist gut vorbereitet, haha. Karl, nimm bitte dieses Mikrophon und erzähle uns, was du dir wünschen möchtest. Karl hat einen Wunsch frei. Was er sich heute wünscht, das wird erfüllt. Millionen

Fernsehzuschauer sind gespannt, Karl. Wollen wir sie nicht mehr länger auf die Folter spannen. Karl, was wünscht du dir? Ja? Lauter! Karl hat seinen Wunsch genannt, meine Damen und Herren. Er hat mir seinen Wunsch leise und bescheiden mitgeteilt: Weltfrieden. Ja, Weltfrieden. Was für ein großherziger und selbstloser Wunsch. Keinen Hunger mehr, ein voller Teller für jeden. Kein Neid mehr, keinen Streit. Unser heutiger Gast wünscht sich die Abschaffung des Automobils, der Wasserverunreinigung, ja, der Umweltverschmutzung an sich. Karl wünscht sich, dass niemals ein Komet die Erde trifft. Aber vor allem den Weltfrieden und Harmonie auf Erden.«

Karl lächelt. Gründe, sich etwas zu wünschen, findet man ohne Mühe in jeder Tageszeitung zuhauf. Eine schwere Entscheidung für Weltverbesserer. Worauf man die Augen richtet, man findet Grund zur Klage und den Wunsch auf Besserung. Aber da nützt wünschen kaum, da muss man flehen. An der Welt ist nicht zu rütteln mit den frommen Wünschen eines Einzelnen. Karl begreift seinen Wunsch als eine persönliche Angelegenheit. »Es geht hier um mich«, denkt er, »dies ist eine persönliche Herausforderung. Es gilt, eine entscheidende Veränderung herbeizuführen. Etwas, das mich betrifft. Man kann nicht umhin, dass man bei sich selbst anfangen muss. Dies ist nicht der Augenblick für Selbstlosigkeit!«

Aber für was ist es der Augenblick. Karl trinkt ein Glas Wasser. Er fühlt sich ausgetrocknet. Etwas in ihm verlangt nach Bier, aber Karl will einen klaren Kopf behalten, soweit das heute möglich ist.

Karl erinnert sich an eine alte Radiosendung. Einmal die Woche, Sonntags, am späten Nachmittag, wenn alte Leute auf dem Sofa sitzen und die letzten kräftigen Sonnenstrahlen genießen, bevor die Glieder wieder kalt werden und sie sich der leidigen Schlaflosigkeit entsinnen, tönt aus dem Radio eine Litanei aus Glückwünschen und Musik. Karl weiß nicht, ob es diese Sendung noch gibt. Als Kind hörte er sie aus dem Radio dringen, wenn die Erwachsenen einen späten Mittagsschlaf hielten. Das Radio erzählte und musizierter, verschwendete Glückwünsche und Musik an den kleinen Karl. Angehörige riefen den Sender an und schickten Geburtstags- und andere Jubiläumsgrüße, gemeinhin an uralte Leute und ausdauernde Paare. Karl fragte sich damals, ob diese gemeinten alten Leute tatsächlich an so einem feierlichen Tag vor dem Radio sitzen würden, um auf die eigenen Glückwünsche zu hoffen und zu warten. Es wurde gewünscht: Glück und Gesundheit bis ins hohe Alter. Karl langweilte sich damals zu Tode, aber er durfte das Radio nicht anrühren. Die Erwachsenen schliefen durch diese sinnlose Parade aus Namen, Zahlen und Grüßen, würden aber erwachen, wenn Karl das Radio abschaltete. Gerade um diese Zeit, wenn die Erwachsenen stillschweigend herumlagen, hätte sich Karl den schönsten Tagträumen hingeben können, wäre er nicht gestört worden von leeren Worthülsen wie Glück, Gesundheit und Hohem Alter.

Bis heute ist Karl nicht klar, was das Wort »Glück« bedeutet. Handelt es sich dabei um einen erfreulichen Zufall, oder um einen seligen Zustand?

Karl ist jetzt viel mehr an den Worten »Gesundheit« und »Hohes Alter« interessiert. Karl ist keineswegs alt, und er ist nie ernstlich krank gewesen. Aber diese Begriffe sind nicht mehr abstrakt. Karl verbindet mit ihnen andere Begriffe wie »Aktivitäten« und »Möglichkeiten«. Karl möchte alt werden und rüstig bleiben. So äußert er sich jedenfalls. Gelenkig und aufmerksam, so sieht er sich. Karl glaubt zu wissen, was es bedeutet, sterblich zu sein. Karl versteht das Leben als einen begrenzten Zeitraum, und es gilt, diesen Zeitraum gut zu nutzen. Anfang und Ende des Lebens sind wie der Rahmen eines Bildes. Ohne diesen Rahmen wäre das Darzustellende nicht kohärent. Die Begrenzungen der Lebensspanne sind für Karl die Parameter der eigenen Bemühungen.

Karl stellt sich vor, dass Unsterblichkeit die Hölle auf Erden wäre. Nicht nur, dass man hoffnungslos altmodisch werden würde, sich nicht mehr zurechtfinden würde. Wäre Karl unsterblich, so gäbe es für Karl nichts zu tun. Es gäbe nichts zurückzulassen.

Und wie lange kann man andere beobachten? Wie lange kann man Betroffenheit vortäuschen? Wie lange kann man Langeweile ertragen? Nein, Unsterblichkeit kommt Karl nicht in den Sinn. Das würde er sich nicht wünschen. Und, sind nicht auch Gesundheit und hohes Alter nicht wirklich essentiell? Geht es nicht eher darum, mit was man seine Zeitspanne ausfüllt? Gegen Gesundheit und hohes Alter gibt es nichts einzuwenden, aber ist es das, auf was man zurückblicken will? Und auf Glück? Vielleicht ist Karl noch nicht krank genug gewesen, um sich jegliche Leiden vom Hals zu wünschen.

Er findet, er ist noch nicht zum Kern vorgedrungen. Aber er will »Gesundheit« vorerst nicht aus den Augen verlieren.

Es ist dunkel geworden. Nur die Lampe über dem Bett, mit dem trichterförmigen Schirm, spendet Licht. Karl kriecht auf dem Boden umher und schleppt Kartons ans Bett heran. Er hat Tee aufgegossen und dabei eine Tafel Schokolade gegessen. Karl legt sich ins Bett und platziert die Kartons neben sich. Er hebt die Deckel von den Kartons und sieht hinein. Natürlich weiß er genau, was sie beinhalten. In ihnen tummeln sich Fotografien in verschiedenen Größen, in Schwarz und Weiß, in Farbe, neuere und ältere. Eine Ansammlung von Begebenheiten, Gestalten, Gesichtern. Ganz obenauf liegt ein Bild von Elisabeth. Ein Portrait, aufgenommen in einer Einkaufsstraße irgendwann bei schönem Wetter. Sie lächelt, zeigt mit den Fingern auf die Kamera, auf Karl, den Fotografen. Die meisten Bilder in den Kartons hat Karl selbst aufgenommen, andere hat er von Freunden bekommen oder sich anderweitig besorgt.

Das Bild von Lise zeigt eine fröhliche junge Frau. Es ist Karl nicht möglich zu behaupten, Lise hätte ein besonderes Gesicht, ein schönes oder außergewöhnliches. Er könnte nicht sagen, ob sie einen interessanten oder langweiligen Eindruck macht, ob sie erotisch erscheint oder nicht. Karl kann das in Lises Gesicht nicht mehr erkennen. Er ist nicht mehr neutral. Karl liest in diesem Gesicht ganz andere Sachen, Dinge, die nichts mit dem ersten und äußeren Eindruck zu tun haben. Karl sieht, in welcher Stimmung sie sich befindet. Karl kann beinahe sehen, was sie denkt, was sie mit ihren Augen sieht und woher das Lächeln rührt. Ein anderes Bild zeigt Lise in einem Ruderboot. Sie ist lediglich mit einem Badeanzug bekleidet. Sie zieht kräftig an den Rudern, ihre Muskeln sind angespannt. Sie macht einen konzentrierten Eindruck, schaut aufs Wasser, in dem das Ruderblatt Wirbel und Blasen schlägt. Ihre Haare sind nass, sind dunkel, trotz des Sonnenscheins. Karl erinnert sich an diesen Tag am See. Beide trugen schlimme Sonnenbrände davon. Bilder aus der Zeit, in der sich Karl und Lise noch einmalig verstanden. Lise hatte da noch keine Scheu vor der Kamera.

Sie war entspannt und wohlgelaunt. Dann eine Fotografie von ihr im Abendkleid, Make-up und Schmuck. Aufgenommen, bevor beide zu einem Empfang gingen. Lise hatte weder Lust, auf diese Party zu gehen, noch hatte sie viel Verständnis dafür, dass Karl ein Foto von ihr machen wollte. Karl bestand darauf, entsprechend säuerlich ist ihre Miene. Sie ging Karl zu liebe mit. Das Bild zu knipsen hätte er sich aber sparen können, dachte sie. Ihr war nicht nach ihrer Aufmachung, und Karls Interesse daran stieß sie ab. Im Allgemeinen verloren damals Karls seltsame Ideen und Launen ihre Reize für Lise. Karl hatte die Angewohnheit, aus heiterem Himmel von den abwegigsten Dingen zu sprechen, unsinnige Meinungen zu vertreten und herausfordernde Fragen zu stellen. Zu Beginn fand Lise das noch attraktiv und unterhaltsam, später glaubte sie, es sei nur eine Masche von Karl, eine Methode, um Aufmerksamkeit zu erregen. Das war vielleicht ungerecht, aber Karl gefiel sich selbst in der Rolle des Spaßmachers, des Provokateurs, des unberechenbar Spontanen. Karl konnte vorwitzig und albern sein, mit kuriosen Informationen aufwarten und unglaubliche Zusammenhänge sehen. Natürlich konnte Karl auch schweigsam sein, in sich gekehrt, bald abweisend. Mit der gleichen Launenhaftigkeit konnte er Lise ignorieren und bloßstellen. Mit all seinem Gehabe war Karl recht rücksichtslos. Es schien ihm schwer zu fallen, sich zu beherrschen. Lise war auf eine Weise zu Karls Publikum geworden, jemand, der ihn zu ertragen hatte. Es gab Tage, da lag Karl Lise zu Füßen, übertrieb in seiner Zuwendung. Zu anderen Zeiten fiel es ihm schwer, ihr überhaupt zuzuhören. Gewöhnlich schien er sich nur für gewisse Eigenheiten an ihr zu interessieren. Er lief ihr voraus oder blieb zurück, um ihr beim Gehen zuzusehen, er richtete ihr Haar neu, er kaufte ihr bestimmte Kleidung, er stellte ihr bestimmte Fragen, lenkte Gespräche in gewisse Richtungen, wurde plötzlich ungewöhnlich persönlich und wollte sehr intime Dinge wissen. Wenn er von sich erzählte, dann meist uneingeschränkt. Lise wusste sicherlich mehr von all seinen Vorhaben, als ihr lieb war. Karl wollte sie beeindrucken. Noch bevor es beiden bewusst wurde, begann Lise, ihn zu meiden. Es war ihr einfach irgendwann zu anstrengend, mit Karl zusammen zu sein. Seine Fassade ermüdete sie mehr und mehr. Es missfiel ihr, wie er Normales und Alltägliches banal fand, abwertende Kommentare von sich gab. Wenn er in seine eigenen Ideen vertieft war und damit und mit sich selbst nicht zurande kam, dann fiel es ihr schwer, in seiner Nähe zu sein. Sie hätte ihn abschalten mögen.

Alkoholische Getränke konnten ihn zuweilen beruhigen oder ihn noch unerträglicher werden lassen. Irgendwann war sie so emotional erschöpft, dass sie ihm lediglich sagte, dass sie kein Interesse mehr an ihrer Beziehung hätte. Karl hatte bemerkt, dass ihre Begeisterung schwand, doch er hielt das für eine Laune. Selbst ihre Offenbarung, nämlich, dass sie an ihrer Beziehung kein Interesse mehr hätte, nahm er erst nicht ernst.

Er zeigte sich unbeeindruckt, fast kollegial. Er wollte nicht verletzt erscheinen, kein Aufhebens machen. Zugegebenermaßen war er damals nicht bei der Sache. Das sollte sich innerhalb von einer Woche ändern. Lise hatte ihm den Teppich unter den Füßen weggezogen, ohne dass er das erwartet hatte, und ohne, dass sie es merkte.

Karl sah sich selbst in metaphorischer Form. Sein Unterbewusstsein, das Elementare, sah er als Ozean. Er selbst schwamm wie ein Korken an dessen Oberfläche, getragen vom tiefen Wasser, aber nicht in Gefahr unterzugehen, selbst bei stürmischer See. Und doch sah er sich, diesen Korken, aus einer Vogelperspektive. Er beobachtete sich selbst, wie er im Alltag funktionierte, wie er sein menschliches Leben lebte. Er war irgendwie über den Dingen, unbetroffen. So betrachtete er sich auch, wie er Lises Bekanntmachung aufnahm. Noch immer, trotz der enttäuschenden Nachricht, sah er sich als Korken auf dem Wasser schwappen, sehr wohl in der Lage, diesen Verlust, diese Veränderung, diese Loslösung wegzustecken. Gut eine Woche später erlebte er, wie er aus seiner luftigen Höhe durch die Oberfläche ins kalte Wasser fiel. Dort unten tauchte er dann umher, sah sich, diesmal von unten, durch das Wasser, als Korken an der unerreichbaren Oberfläche. Er schaffte es, den Alltag roboterhaft zu bewältigen, aber er war nicht mehr er selbst. Er wurde zum willenlosen Objekt seines Unterbewusstseins. Er konnte an nichts anderes mehr als an Lise denken. Er konnte über nichts anderes reden. Er schenkte den anderen Frauen in seiner Nähe nicht die geringste Aufmerksamkeit. Er träumte von Lise, er tagträumte von ihr. Lise war das einzig Begehrenswerte. Er vernachlässigte alles andere. Er verlor seine eigenen Interessen. Er imitierte Lises Interessen. Er schrieb ihr Briefe, er rief sie täglich an, all jene Sachen, von denen er selbst strengstens abgeraten hätte. Als er sie dann des Öfteren heimsuchte, auf eine herzzerreißende Art aufdringlich wurde, musste Lise mit ihm ein ernstes Wort reden.

So ging es tatsächlich nicht weiter. Lise war offen gestanden überrascht.

Karl schloss sich ein, nahm Urlaub, kauerte Tage im Bett. Er schaffte es schließlich, in seinen Korken zurückzufinden.

Es gelang beiden, eine Freundschaft zu erhalten. Karl war und ist das alles unangenehm. Diese Zeit der Auflösung hat ihn verunsichert.

Lise und Karl treffen sich nun gelegentlich, man versteht sich beinah besser als je zuvor. Dennoch ist Lise seltsam unerreichbar, nicht, für Karl, zu fassen. Er hat mit ihrer geteilten Aufmerksamkeit vorlieb zu nehmen. Er hat keinerlei Anrecht mehr. Derzeit beschäftigt sie sich mit Pagels. Pagels, ein ausgeglichener Zeitgenosse, wird sich ganz seiner Begleitung auf den Skipisten widmen. Bei allem, was er tut, ist er intensiv und ausschließlich. Wenn er sich um Lise kümmert, dann ganz. Man kann ihm nichts Hinterhältiges nachsagen. Er ist direkt und offen.

Warum sollte Pagels an Karl denken, wenn er mit Lise in den Urlaub fährt? Warum sollte er in irgendeiner Form schuldbewusst sein, warum sollte er sich um Karls und Lises Geschichte kümmern? Ob Lise an Karl denkt? Ziemlich unwahrscheinlich.

Sie wird unbekümmert sein. Wenn Lise unbekümmert ist, ist sie besonders liebenswürdig. So hat Karl sie natürlich kennen gelernt. Sie betrat eines Tages Andres Druckwerkstatt, in der Karl gelegentlich arbeitet. Mit einem Stapel Unterlagen, die sie vervielfältigt und gebunden haben wollte, stand sie eine Weile zwischen den verschiedenen Druckmaschinen. Karl machte noch ein paar professionelle Handgriffe, schob kräftig eine Kiste Papier beiseite und kümmerte sich dann um sie und ihren Auftrag. Er schlug einige Veränderungen im Layout vor, versprach, das selbst in die Hand zu nehmen, etc. Karl wollte feststellen, welchen Eindruck er auf sie machte. Sie war zugänglich, nicht von ihm irritiert oder allgemein zurückhaltend. Ihre glatten, schulterlangen Haare waren nach innen gekämmt, umrahmten ihr rundliches, aber nicht dickes Gesicht. Sie hatte eine gesunde Gesichtsfarbe, eine fröhliche Miene, ein umwerfendes Lächeln. Sie trug normale Straßenkleidung, nichts Besonderes. So ins geschäftliche Gespräch vertieft, bemerkten beide, dass sie sich sympathisch waren. Hin und wieder rief Andre nach ihm, wollte, dass er ihm hier und da kurz helfe. Lise stand weiterhin in der Werkstatt und schaute sich um. Karl nahm seine kleine Kamera aus der Tasche und nahm heimlich ein Bild von ihr auf. Die Geräusche der Maschinen übertönten das Klicken, sie bemerkte nichts davon. Das Bild ist auch irgendwo in dieser Kiste. Später rief er sie an, fragt nach Einzelheiten des Layouts, fragte, ob sie sich die Seiten angucken wolle, ob sie einverstanden sei. Man traf sich bei ihm, ging später Essen und vergnügte sich ausgelassen bei ein paar Drinks. Banale Umstände, findet Karl, aber einzigartige: Der Anfang von Lise und Karl, magisch. Die ersten Berührungen, die Bereitschaft, der Wille zum körperlichen Kontakt, all das erinnert Karl genau. Sie öffnet sich ihm und nimmt Teil an Karl. Fasziniert genießt er ihr Interesse an ihm. Er zeigt ihr seine Kunst, seine Objekte und Fotos. Er berichtet von seinen zukünftigen Unternehmungen. Sie ist aufmerksam, schaut sich um und lauscht. Sie hinterlässt ihre Präsenz in seinen Räumlichkeiten. Ohne Scheu setzt sie sich, legt den Mantel ab, hockt sich aufs Sofa, zieht ihren Pullover aus, lässt sich lachend fotografieren. Wie sie den Becher hält. Wie sie ihre Zehen bewegt, wie sie ihr Haar hinters Ohr schiebt. Karl sieht das alles vor sich. Karl und Lise sind zu diesen Zeiten ganz unbelastet und spielerisch. Nichts steht zwischen ihnen. Der Alltag hat sich vollständig zurückgezogen. Es knistert, und ihre Gespräche sind herrlicher Vorwand. Es braucht nichts bewiesen zu werden.

Karl wühlt in den Fotografien. Die Bilder versetzen ihn zurück in die Momente ihrer Entstehung, dennoch sind sie unzulänglich. Könnte er wirklich zurückkehren zu diesen Momenten, so wüsste er von dem Danach, von der Zukunft. Er könnte sein weiteres Verhalten dementsprechend ändern. Er würde schwermütiger sein. Nein, das wäre nicht ratsam, das wäre falsch. Das, was zwischen ihnen bestand, besteht nicht mehr. Die Bilder sind trügerisch. Sie geben Rätsel auf. Woher rührt seine Faszination für diese Person, warum machen die Bilder ihm so zu schaffen. Immerhin, die Fotos kann man ihm nicht nehmen.

Karl könnte sich wünschen, dass Lise noch immer, und Hals über Kopf, in ihn verliebt ist. Sie würde zur Tür hereinstürzen und erleichtert sein, ihn vorzufinden. Sie würde ihn umarmen, ganz außer Atem. Vielleicht möchte sie sich die Kleider vom Leib reißen, dann seine. Sie wird ihn nicht mehr verlassen wollen. Sie wird wollen. Aber das kann man nicht wünschen. Was hätte er von einer unfreiwilligen, manipulierten Lise. Das wäre in keiner Weise reizvoll.

Karl zieht ein weiteres Bild hervor. Lise, in einem langen, bequemen Kleid, sitzt auf dem Schaukelstuhl und liest eines ihrer Studienbücher. Sie wird erst Sekunden später darauf aufmerksam, dass sie fotografiert wird. Sie wird dann in Gedanken versunken aufschauen, ihn mit der Kamera in der Hand sehen und sich dann wieder ins Buch vertiefen. Sie ist dann so überaus real, mit sich selbst und nichts anderem beschäftigt, existiert unabhängig von seiner Aufmerksamkeit, an diesem Ort, in seiner Wohnung. Ein unvergleichlicher Augenblick.

Lise steht Karl Modell. Das ist eine anstrengende

Angelegenheit. Karl genießt das. Ihr Körper korrespondiert direkt mit seinem Pinsel und seinem Bleistift. Natürlich gelingen ihm seine Bemühungen nicht so, wie er es sich wünscht, aber die Zeichnungen resultieren aus ihrer Bereitschaft, sich für seine Augen zu präsentieren. Und für seine Kamera.

Karl starrt auf die Bilder. Die Zeit vergeht, es ist Nacht. Könnte er nur diese Gefühle noch einmal fühlen, ohne die Gewissheit, dass die Zweisamkeit keinen Bestand haben wird.

Aber das will er sich auch nicht wünschen. Das alles kann er nur aus der Ferne respektieren.

Er könnte sich wünschen, dass Pagels sich als Unmensch entpuppt. Angeberisch saust er die Piste hinab und lacht über ihre ungeschickten Manöver. Sie fällt auf den Hintern. Pagels sieht zu und grinst. Er hat schon lange eine andere entdeckt.

Lise ist traurig, wünscht sich, mit Karl zusammen zu sein. Sie ist kalt und nass vom Schnee. Pagels kümmert das nicht. Sie ist Pagels einerlei. Genau betrachtet, gibt es nur einen, für den sie wichtig ist, dem sie wirklich etwas bedeutet, nämlich Karl höchstpersönlich. Karl ist ärgerlich über sich selbst und seine selbstgerechten Visionen. Er sollte keine Bedenken haben, dass Lise genau das macht, was sie machen will. Karl Wünsche hinsichtlich Lises sind grotesk, bemitleidenswert. Er legt die Bilder von ihr auf die Bettdecke. Er kramt nach anderen.

Es fällt ihm eine Aufnahme von Barbara in die Hände: Eine seltsame Frau, sehr athletisch, ein fester, kräftiger Körper. Sie ist groß und hat kurze, blonde Haare. Die Episode mit Barbara war sehr kurz, unbefriedigend. Sie hatten sich, oder besser, sie hatte ihn, auf einer Party getroffen. Sie behauptete, Karl zu kennen, und es stellte sich heraus, dass sie viel über ihn wusste und ihn immer schon mal kennen lernen wollte. Karl hatte keine Ahnung, wer sie war. Beide tranken viel. Sie verschwand irgendwann und Karl glaubte, die Sache hätte sich erledigt, glaubte, ihre Begeisterung hätte mit dem Alkohol zu tun. Aber am nächsten Tag traf man sich, wie zufällig, beim Katerfrühstück. Es war ihr ernst. Man verbrachte den Tag miteinander, hielt kluge Reden. Sie saßen in einem Café im Hinterhof, genossen die Sonne und taten beinahe so, als wären sie schon lange miteinander vertraut. Karl und Barbara verbrachten auch die Nacht miteinander. Er staunte über ihren makellosen modellierten Körper, über die Festigkeit ihrer Rundungen. Sie kleidete sich unscheinbar elegant, lächelte ein perfektes Lächeln. Ihre Aufdringlichkeit verwirrte Karl, zudem sie auch noch einen festen Freund hatte. Kuriose Umstände. Es schien diesem Freund nicht mal etwas auszumachen, dass sie sich Karl so kopflos hingab. Als er sich verweigerte, Abstand gewinnen wolle, konnte sie es nicht glauben, nicht akzeptieren. Sie bemühte sich um ihn, streckte sich. Karl fand das unglaubwürdig.

Er wollte sich nicht mit den komischen Ideen in ihrem Kopf befassen. Es war ihm rätselhaft, welchen Eindruck sie von ihm hatte, was sie bezweckte. Jetzt, mit ihrem Bild in der Hand, interessiert es ihn. Er erinnert sich an seine Hand auf ihrem nylonartigen Shirt, ihren vergnügten Gesichtsausdruck, ihr erwartungsvolles Lächeln. Er betastete sie durch den glatten, gespannten Stoff. Was ging in ihr vor? Was hat ihr das bedeutet, wie fühlte sich das für sie an? Karl erinnert sich an die geringsten Einzelheiten, an ihre Wortwahl, an ungewöhnliche Bewegungen, an ihren Körperbau, dennoch formt sich kein vollständiges Bild, keine greifbare Erfahrung. Karl brütet vor sich hin. Das Foto kann ihm nicht antworten. Was treibt Barbara jetzt, wo hält sie sich auf? Könnte er sie jetzt treffen, er würde sie fragen und genau beobachten. Er würde sich nicht mit Belanglosigkeiten begnügen. Er nähme sie an die Hand und schleppte sie mit. Er würde sie nochmal am eigenen Leibe erfahren wollen, begreifen, wer sie ist. Das wünscht sich Karl, als er das Bild betrachtet. – Das wünscht sich Karl natürlich nicht. Hastig will er sicherstellen, dass es nicht das ist, was er sich von Tsarath wünschen wird. Er fährt sich mit der Hand über die Stirn und durch die wirren Haare. »Ich kann mir nicht wünschen, wie sich eine Person mir gegenüber verhalten soll«, denkt Karl, »das ist nicht echt, das ist wertlos.«

Eine solche Gelegenheit wird sich nicht ergeben, und wenn doch, dann wird Karls Verhalten albern erscheinen, seinerseits aufdringlich. Sie her zu wünschen ist eine reine Dummheit.

Die nächste Fotografie zeigt ein Mädchen, von dem Karl nur den Namen weiß. Man hatte sich bei worteschluckendem Lärm und verwirrendem Lichterspiel in die Augen geschaut, sich einander genähert. Ohne viel Aufhebens hatten sich Monica und Karl geküsst, ohne etwas zueinander gesagt zu haben. Eine rauschhafte Atmosphäre hatte beide verhext. Sie knutschten und berührten sich so heftig, dass es bald ratsam war, vor die Tür zu gehen. Dort machten sie es sich auf einer Kühlerhaube in der Dunkelheit gemütlich. Eine kurze Raserei später kehrten beide in das Getöse zurück und verloren sich aus den Augen. Karl kennt nicht mal ihre Stimme. Er hat sie danach nicht wieder gesehen. Er besorgte sich ein Foto von ihr, das ein Bekannter zufällig an jenem Abend gemacht hatte. Karl ist sich nicht sicher, woher er eigentlich ihren Namen weiß. Er hat keine Informationen über Monica. Sie ist ein perfektes

Geheimnis. Was würde passieren, wenn sich beide noch einmal treffen würden? Welche Wahrheiten ließen sich über sie in Erfahrung bringen? Sie noch einmal sehen … Karl ist sein eigenes Verlangen zu intensiv. Er muss sich vor vorschnellen Wünschen hüten.

Mit Karo hat Karl eine längere Zeit verbracht. Man teilte gemeinsame Interessen. Sie war ihm bei einem Treffen für nicht ausreichend geschäftstüchtige Künstler aufgefallen. Sie trug damals eine weiße Strumpfhose, schwarze Stiefel, dazu ein schwarz-rot gestreiftes, kurzes Kleid, hatte viel dunkles Make-up im Gesicht und eine Menge Spray in den Haaren. Sie hatte schweren Schmuck und ein Halstuch angelegt.

Karo war auf eine hinreißende Art überheblich. Kaltschnäuzig ließ sie sich nichts gefallen und ließ auf der anderen Seite viel mit sich geschehen. Sexuell wusste sie genau, was sie wollte und genau wann. Ebenso begriff sie, dass Karl unerwartete und ungewöhnliche Bedürfnisse haben konnte. Sie war launisch und unberechenbar, sie schrie gelegentlich herum oder schmollte längerfristig. Beunruhigend war ihre Fähigkeit, Karl wortlos und mit wachen, auf ihn fixierten Augen zu betrachten, stundenlang, so schien es ihm. Er fühlte sich analysiert, seziert und vielleicht konzeptionell wieder aufbereitet. Er reagierte darauf mit seinem Fotoapparat, was sie nicht im Geringsten zu stören schien. Karo hatte die Angewohnheit, in seinen privaten Sachen und Angelegenheiten zu stöbern. Er fand sie häufig in seiner Wohnung, vertieft in ihre Untersuchungen. Es störte Karl an sich nicht, eine zugängliche Intimsphäre zu bieten, aber Karos Selbstverständlichkeit fand er übertrieben. Er sprang auf sie, rang mit ihr wie mit einem Einbrecher, knurrend, zerrte an ihrer Bekleidung. Er amüsierte sich dabei über ihren Unwillen und ließ sich von ihr kräftig boxen, ließ sich von ihrem Keuchen erregen.

Mittlerweile hält sie Karl für einen Trottel, was zu ihr passt. Er ist ihr nicht mehr außergewöhnlich genug, vermutet Karl, er steht ihr nicht mehr. Man spricht noch gelegentlich, in sachlichem Ton, unterhält sich. Dann stellt er sich vor, sie einzufangen und ihr mit einer Feder den nackten Körper zu kitzeln, oder sie bunt zu bemalen. Es hat ihm immer Spaß gemacht, sie zu reizen, sie hinter dem Ofen hervorzulocken. Leider bekommt sie das, was sie will, und kann mit dem Begriff »Verlust« nichts anfangen. Karl könnte sich mit ihr duellieren. Das wäre nach ihrem Geschmack. Karl legt alle Bilder von Karo auf einen Haufen. Es wird spät. Er merkt, dass er übermüdet ist. Der Tee ist kalt, löscht den großen Durst.

Weitere Bilder liegen für Karl bereit.

Unruhe ist in Karls abgespanntem Körper. Er ist zu nervös zum Schlafen. Er ist umringt von Bildern. Sie liegen auf dem Bett in zeitlicher und räumlicher Unordnung. Das ist nicht weiter schlimm, Karl weiß von jedem, wie es einzuordnen ist. Jedes bringt bestimmte Erinnerungen in ihm hervor, verbunden mit vagen Stimmungen. Gemeinsam haben sie, dass sie in ihm ein unbestimmtes Verlangen auslösen. Das verursacht diese Unruhe, diese Spannung. Karl möchte mit den Händen ringen. Die Bilder erinnern ihn daran, dass nichts im zwischenmenschlichen Bereich zu Ende gebracht werden kann. Es gibt keinen Abschluss, kein Ergebnis. Das alles ist so verdammt zufällig und unbefriedigend. Nie ist alles gesagt, nie alles offenbart. Es gibt keine Vollständigkeit. Das liegt in der Natur der Sache. Manchmal befürchtet Karl, dass er der Einzige sein könnte, der diese Unvollkommenheit sieht oder sich daran stört. Pagels wird sich von solchen Gedanken nicht irritieren lassen. Er wird von solchen Sachen gar keine Ahnung haben. Auch Lise scheint von solchen Ideen unbelastet. Sie wird nicht vermuten, dass Karl Bilder von ihr vor sich liegen hat. Hat sie überhaupt Bilder von Karl? Schaut sie sich Bilder von Karl an? Bewirken sie etwas in ihr? Die einzigen Bilder von Karl, für die sich Karo interessiert hat, waren Röntgenaufnahmen seiner Lunge, die sie ihm auf einer ihrer Entdeckungsreisen in seiner Wohnung entwendet und wahrscheinlich in irgendwelche Installationen oder Collagen eingearbeitet hat.

Karl weint den Liebesbeziehungen zu den Frauen auf den Bildern nicht nach, das ist es nicht, was ihn quält. Eine Ausnahme ist vielleicht die zu Lise, die für ihn, er gibt es ja zu, noch nicht richtig überwunden ist. Das hat sogar Andre bemerkt. Bei ihm in der Werkstatt hatten sie sich ja kennengelernt, Andre erinnert sich wohl daran. Andre hat immer angenommen, dass Karl kein Kind von Traurigkeit ist, dass Karl sowieso mehrere Eisen im Feuer hat und ihn diesbezüglich nichts erschüttern kann. Und dann war Karl plötzlich so schweigsam und ernst, als es die Sache mit Lise den Bach runter ging. Andre versuchte zu scherzen, und erntete nur undankbare und gereizte Blicke.

In Bezug auf Lise fühlt Karl eine große Enttäuschung. Er ist nicht von Lise enttäuscht, sie hat sich nicht unfair verhalten und wahrscheinlich das Richtige für beide getan, sondern er ist davon enttäuscht, wie normal es ihm zu scheinen hat, dass sich die Sache erledigt hat, wie alltäglich. Gerade zu einem Zeitpunkt, an dem er sich hatte vorstellen können, mit ihr tatsächlich den Rest seines Lebens zu verbringen und sich heldenhaft zu benehmen. Von solchen Ideen hatte er stets einen gesunden Abstand gehalten, aber Lise hatte es fertig gebracht, dass Karl sich solchen Überlegungen wagemutig hingegeben hatte. Dann fühlte er sich von sich selbst hintergangen. Kein Zweifel, Karl war eine Zeit lang in einem angegriffenen Zustand.

Karl betrachtet weiter die unzähligen Bilder vor ihm. Namen und Ereignisse reihen sich aneinander. Die beiden Belgierinnen, die er in Italien getroffen hatte und die netterweise ein Bild von sich geschickt hatten, die melancholische Anja, von der er sich ihretwegen getrennt hatte, die junge Bettina, mit der das ganze Theater angefangen hatte und die jetzt Mutter ist. Karl ringt sich ein Lächeln ab: wie lange das schon her ist. Er lehnt sich zurück und schließt für ein paar Augenblicke die Augen. In ihm fliegen die Gedanken wie Wolkenfetzen umher. Er ist müde, aber er wird immer noch nicht schlafen können. Er schaut auf die Uhr. Es ist bereits nach zwei Uhr nachts. Seines ist eines der ganz wenigen leuchtenden Fenster in der Nachtruhe der Stadt.

Karl schaufelt mit den Händen die Bilder in den Karton zurück und greift nach einem anderen. Hierin befinden sich Bilder von Frauen, die er nicht kennt. Gesammelt hat er sie aus Büchern, Magazinen, Fotobänden und anderen Quellen. Karl hat eine harte Auswahl getroffen. Fotografen tun sich schwer, vernünftige Bilder von Frauen zu schießen. Das meiste ist wertlos. Nichtssagende Gesichter reihen sich aneinander, langweilige Posen, akrobatische Verrenkungen, plumpes Rumstehen, blödsinnige Requisiten. Am schlimmsten sind die leeren Gesichter. Ein Foto reizt Karl lediglich dann, wenn er etwas Bekanntes, etwas Nachvollziehbares, etwas Intimes entdeckt. Die Qualität eines Fotos misst Karl daran, wie interessant es ist, wie weit es ihm ermöglicht, sich zu wünschen, die Frau kennenzulernen. Das kann doch nicht zu viel verlangt sein. Mithin sind die meisten Fotografen Nichtskönner. Was sie betreiben ist reine Zeit und Geldverschwendung, und die Bezeugung ihrer eigenen Fantasielosigkeit. Karl wird sich dem irgendwann annehmen müssen. Man braucht sich nur draußen umzuschauen, um geeignete Objekte für die Linse zu finden. Wie herrlich wäre es, könnte Karl unsichtbar sein. Noch besser wäre eine unbemerkbare Kamera.

Es gibt Tage, an denen kann er nicht vor die Tür gehen, ohne von den Gesichtern und Bewegungen zahlreicher weiblicher Mitmenschen so eingenommen zu sein, dass er sich zusammenreißen muss, um diesen Erscheinungen nicht zu folgen. Er möchte mit jeder irgendeine Verbindung eingehen, die Stimme, die ersten Worte des Kennenlernens hören, sich an jeder einzelnen ausprobieren. Wie werden sie reagieren, welch Wesen wird sich offenbaren, was wird passieren? Mit der Kamera könnte Karl Besitz ergreifen. Karl fürchtet ein Vorhaben unüberschaubaren Ausmaßes. Es wäre unmöglich, von allen anmutigen und ausdrucksvollen Gestalten Aufnahmen zu machen. Und mit einer Aufnahme wäre es nicht getan. So vieles verbirgt sich hinter den Augen, dem Minenspiel und den Körperhaltungen. Das sieht Karl in den Bildern, die er aus diesem Karton zieht. Er ist nicht überspannt genug, sich in diese schönen Frauen zu verlieben. Liebe und Hingabe braucht eine gemeinsame Geschichte, einen natürlichen Ursprung. Es reizt ihn zwar, diese unbekannten Frauen kennenzulernen und Zugang zu ihnen zu finden, aber er würde ihnen nicht mit einem magisch in Erfüllung gehenden Wunsch seinen Willen aufzwingen wollen. Es ist beinahe genug, sie nur anzuschauen.

Wie natürlich sie sich geben können vor der Kamera. Karl erschaudert leicht. Eine wunderbare Fähigkeit, und sicher gut zu gebrauchen. Hinter dem Objektiv lauern unzählige unbekannte Augen.

Ein Bild einer nackten Dame, versunken in Sehnsucht für den ungeduldigen Fotograf, im Spiel mit seinen Forderungen und den versteckten Blicken Karls, liegt in seiner Hand.

Seine Gedanken verwirren sich mehr und mehr. Er gibt auf und löscht das Licht.

Karl schläft unruhig.

Durch die geschlossenen Fenster dringt das gedämpfte Rauschen des Straßenverkehrs. Die Nebenstraße, an der Karls Wohnung gelegen ist, wird in den Morgenstunden von berufstätigen Anwohnern und Lieferanten benutzt. Man kann von hier die größere Hauptstraße hören und gelegentlich die Straßenbahn.

Karl ist plötzlich aufgewacht und in ihm ist eine seltsame Klarheit. Noch ist er von keinem Gedanken in Anspruch genommen. Er weiß nicht, was ihn geweckt hat. Ihm ist, als hätte er gerade einen lebhaften Traum verlassen, aber er erinnert nichts mehr davon.

In ihm ist eine vage Vorstellung von verpassten Treffen und ergebnislosen Suchen. Eine nervöse Stimmung, die nun seinem Wachsein fast vollständig gewichen ist. Karl bewegt sich nicht, er hält die Augen geschlossen, als wäre er noch nicht wach. Er hört sich langsam atmen. Im Zimmer ist es kühl. Ein neuer Tag ist angebrochen. Schließlich öffnet Karl die Augen und schiebt sich ein weiteres Kissen hinter den Kopf. Es herrscht milchiges Tageslicht. Der Himmel ist mit nebligen Wolken bedeckt. Das sind geradezu ideale Verhältnisse zum Zeichnen. Aber Karl macht noch keine Anstalten sich zu erheben. Er wird heute wahrscheinlich auch nicht zeichnen. Er hat sich heute um etwas Wichtigeres zu kümmern. Die Stille in der Wohnung gibt ihr einen verlassenen Eindruck. Karl will diese Ruhe nicht stören, er bleibt liegen. Noch immer ist er umgeben von den Bildern, die er in der Nacht in den Händen gehalten und betrachtet hat. Jetzt sind sie seltsam stumm. Karl muss daran denken, dass all die Personen auf den Fotos jetzt, zu diesem Zeitpunkt, sind, denken, selbst irgendetwas unternehmen, außerhalb Karls Reichweite.

Das ist natürlich keine bahnbrechende Erkenntnis, aber es ist ihm selten so bewusst. Hanna, die nach Australien gezogen ist, wird bereits an die Nachtruhe denken oder schon im Bett liegen. Karl versucht sich einen Sonnenuntergang in der australischen Weite vorzustellen.

Lise wird das Frühstück bereits beendet haben und sich zu den Pisten begeben. Er sieht sie in Pudelmütze und Fäustlingen aus künstlichem Fell. Pagels wird ihre Ski tragen.

Karl will noch unter der warmen Bettdecke bleiben, aber das Telefon klingelt. Schnell blickt er zur Uhr, durchs Fenster auf den Tag, überlegt kurz und begibt sich, die Decke hinter sich herziehend, zum Telefon. Es ist natürlich Andre, der sich am anderen Ende meldet. Ob er, Karl, sich erinnert, dass er versprochen hätte, heute in die Druckerei zu kommen. Karl weiß, was zu tun ist und zögert nicht:

»Hallo Andre, ich habe leider meine Hand verletzt, kann sie kaum bewegen.« Das ist zuerst alles, was er sagt. Soll Andre sich denken, was das bedeutet.

»Du kommst heute nicht? Gerade heute brauche ich unbedingt Hilfe. Hier liegen diverse Aufträge rum.« Irgendeine Broschüre muss unbedingt raus, und er, Andre, muss ausliefern, neues Papier besorgen. Und der große Iris-Drucker zeigt Anzeichen des Unwillens. Plakate sind Terminsache. Karl beteuert noch mal, dass er die Hand kaum bewegen kann, es ihm schwer fiele, sich überhaupt anzuziehen, und er hoffe, dass das bald vorbei sei, sodass er ihm so früh wie möglich helfen kann. Dann erkundigt sich Andre, wie es denn passiert sei, ob er sich beim Saufen oder auf dem Nachhauseweg auf die Schnauze gelegt hätte. Karl verneint in ungeduldigem Ton, er hätte sich gestern falsch aufgestützt, es hätte geknackt und eine Stunde später hätte es bei jeder Bewegung wehgetan. Andre wünscht, dass es sich bald bessert, scheint ernsthaft besorgt und enttäuscht, dass Karl ihm heute nicht helfen kann. Karl bedankt sich und wünscht seinerseits alles Gute. Er legt auf und begibt sich zurück ins Bett. Nun hat er den Rücken frei und kann sich in aller Ruhe auf den Tag vorbereiten. Es wäre ihm heute unmöglich gewesen, den Anblick der unermüdlich druckenden, ewig reproduzierenden und kopierenden Maschinen zu ertragen.

Jetzt wacher, sieht er wieder die Bilder auf dem Bett, aus den Kartons auf das Laken und die Decke verstreut, und vermeidet es, Blicke auf die Fotos zu werfen. Davon hat er letzte Nacht genug gehabt. Er zieht den Bademantel an und setzt Kaffeewasser auf. Dann duscht er heiß und kalt. Karl will einen klaren Kopf behalten. Müsli und Kaffee nimmt er im Stehen zu sich, betrachtet das unfertige Gemälde auf der Staffelage. Die Pinsel stehen im trüben Wasser. Pigmente haben sich auf dem Boden abgesetzt, die Pinselspitzen verbiegen sich dort. Bunte Lappen liegen umher, zwischen Tuben, Plastikflaschen und Jogurtbechern, in denen Farbmischungen festgetrocknet sind. Karl bräuchte gut eine halbe Stunde, um sich und die Materialien aufs Malen vorzubereiten, aber darum wird er sich heute voraussichtlich nicht kümmern. Er kleidet sich leicht in bequemen Sachen. Dann geht er zum Schreibtisch und betrachtet die zuvor abgedeckte Zeichnung. Die Illustrationen für eine Kurzgeschichtensammlung, die Andre zu drucken versprochen hat, sind immer noch nicht fertig. Karl ist nicht mit Herz und Seele dabei. Er findet die Geschichten lahm und vorhersehbar, muss sich anstrengen, entsprechende und ansprechende Motive zu finden und auszuarbeiten. Er gibt sich Mühe. Die Ausführung nimmt lange in Anspruch, das ist er seinem zu bildenden Namen schuldig. Er deckt die Zeichnung wieder ab. Diese Serie von Zeichnungen wird es nicht weit bringen. Es ist anzunehmen, dass sich die Bücher schlecht verkaufen. Der Autor wird sie verschenken müssen, sie werden wahrscheinlich überwiegend ungeöffnet bleiben. Karl ist ärgerlich, den Auftrag angenommen zu haben. Dabei handelt es sich vielmehr um einen Gefallen. Es raubt ihm Zeit. Aber er will den Eindruck hinterlassen, dass man sich auf ihn verlassen kann. Die Geschichten sind geschrieben, Andre ist bereit, man wartet nur auf ihn.

Karl betrachtet wieder das unfertige Bild auf der Staffelage. Hat er zu lange gewartet? Es sieht aus, als könne man kein Leben mehr hineinhauchen. Sowas muss schnell zu Ende gebracht werden, die Energie muss genutzt werden, zu langes Zögern kann man sich nicht erlauben. Wo soll er jetzt wieder ansetzen? Karls Stimmung verdüstert sich. Er hat das alles selbst in der Hand. Er muss am Ball bleiben.

Karl zieht eine Mappe mit anderen Zeichnungen hervor.

Hier zeigt sich sein wahres Talent. Hier befinden sich versteckte Schätze. Vorsichtig behandelt er die losen Blätter aus starkem Zeichenpapier, vergewissert sich, dass sich zwischen den einzelnen Werken neutrales Pergamentpapier befindet. Es sind nicht viele Zeichnungen in der Mappe, aber eine Menge verbrachte Stunden und Tage. Um diese Zeichnungen herzustellen, muss Karl langsam arbeiten, ausdauernd sein. Er hat sich Nächte um die Ohren geschlagen, bei künstlichem Licht, wohlgemerkt, tagelang das Haus nicht verlassen. Karl ist sich im Klaren über den Wert dieser Blätter. Er kommt nicht oft dazu, sich solcher Arbeit zu widmen. Er muss bereit sein, alles andere liegen zu lassen und in der richtigen, angemessenen Stimmung sein. Zeichnen ist eine starre, schweigsame Angelegenheit. Man hat lange zu sitzen, nur die Augen und die Hände sind in Bewegung. Man wiederholt sich, mit dem Stift auf dem Papier und in Gedanken. Eine wirklich manische Tätigkeit, eine sture Besessenheit, die nur dadurch besänftigt werden kann, dass man die Zeichnung vollendet. Und dann wartet die nächste. Oder es zieht ihn zu den Leinwänden. Dort hantiert er mit Pinseln und Lappen, läuft herum, weg vom Gemälde und wieder ganz nah heran. Entscheidungen müssen getroffen, ausholende Bewegungen gemacht werden. Malen hat eine ganz andere Dynamik, und ist, für Karl, emotionaler. Es laugt ihn aus.

In seine künstlerischen Tätigkeiten vertieft, empfindet Karl des Öfteren ein Gefühl der Einzigartigkeit, welches ihm wie ein Kurzschluss einen euphorischen Energiestoß vermittelt und ihn danach erschöpft und ernüchtert hinterlässt. Von diesen Momenten wird Karl gejagt, im Guten wie im Schlechten. Dann ist es wie eine Erlösung, wenn Andre anruft und ihn um seine fachkundige Hilfe bittet, oder wenn ihn jemand dazu überredet, sich unter die Leute zu mischen. Kunst ist eine einsame Angelegenheit, eine heldenhafte. »Ein Abenteuer, das mich konsumiert«, denkt Karl. Er glaubt, sich dabei in guter Gesellschaft zu befinden. In den Regalen mit seinen teuer eingekauften und zusammen gesammelten Kunstbüchern stehen die Beweise aneinandergereiht. In ihnen sind die Werke und die Geschichten derer enthalten, die er bewundert. Und er besitzt diese Bücher, um sich am Anblick der Kunstwerke zu erfreuen und sich inspirieren zu lassen, um von den bunten oder grauen Karrieren, von den verdienten und unverdienten Schicksalen, von Triumphen und Niederlagen zu lesen, aber auch, um Gemeinsamkeiten zwischen diesen zweifellosen und sehr wohl anerkannten Künstlern und sich selbst zu entdecken.

Karl sitzt mit einer Tasse heißer Schokolade auf dem Sofa. Alle Stifte und Pinsel ruhen heute.

Natürlich zweifelt Karl beizeiten an der Idee, er sei ein großer Künstler, oder überhaupt einer. Dann wieder denkt er, ist überzeugt davon, sein Talent sei Auftrag, eine verdammte Pflicht, seine Berufung.

Diese Rechtfertigung soviel Zeit und Energie in die Produktion von Bildern hineinzustecken, auf die niemand gewartet hat, ist sicherlich selbstgefällig, ebenso wie die Überzeugung, etwas Außergewöhnliches zu schaffen, gar zu sein. Mit was Karl sich beschäftigt, ist Beweise herzustellen. Oder ist es vielmehr so, dass er ein natürliches, unwillkürliches Interesse daran hat, die Welt mit seinen Bildern, mit seiner Ästhetik zu bereichern. Kann er wirklich anders? Konnten seine Vorbilder anders? Ist er einer von ihnen? Er ist sich nicht sicher.

Karl versucht sich vorzustellen, ein ganz normales Leben zu führen. Wie Andre beispielsweise, der in aller Zufriedenheit seine Druckerei betreibt und mit einem, ungemein zu ihm passenden, uralten Ford Transit herumfährt und ausliefert. Es will Karl scheinen, als hätte Andre niemals etwas wirklich Kreatives unternommen. Andre ist ein Konsument. Tagsüber druckt er für andere alles Mögliche, von Flugblättern über Broschüren zu handfesten Bücher. Nebenbei ist er politisch aktiv und darf seine Genossen in seinem Vehikel von Aktion zu Aktion kutschieren, nach den täglichen Geschäften liest er Bücher und Zeitungen, geht gelegentlich ins Kino und fährt seine Freundin zu ihren sportlichen Veranstaltungen. Aus all dem zieht Andre sein Freud und Leid. Er ist zur rechten Zeit am rechten Ort, fester Bestandteil eines historischen, kulturellen, lokalpolitischen, sozialen Umfeldes und dessen Konsument. Andre bewundert Karl wegen seines künstlerischen Talents und seiner offensichtlichen Entschlossenheit, hat aber keine Ahnung davon, was Karl eigentlich treibt, wie er seine Werke herstellt und vor allem nicht, warum er es tut. Er kann sie staunend betrachten und irgendetwas Nettes sagen, aber er hat wirklich keinen Zugang dazu. Es macht ihm nichts aus. Manche Leute machen dies, andere machen jenes. Andre ist so sehr einer von vielen, dass ihm genau dieser Umstand Freude bereitet. Das motiviert ihn. Karl dagegen sieht sich als ein Betrachter, einer, der sich außerhalb befindet, das Gesehene nimmt und neu formt und von sich gibt. Karl will etwas zeigen, und zwar seine wertvolle, innere Sichtweise. Das ist doch einigermaßen selbstlos, findet Karl.

Er ist geneigt, an seine Fähigkeiten zu glauben und ihnen zu trauen. Aber kann er sich täuschen? In ihm steckt Ungewissheit, der Verdacht, er könnte nicht schaffen, was er sich vorgenommen hat. Warum gelingt es ihm nicht, disziplinierter zu arbeiten und sich auf bestimmte Sachen zu konzentrieren? Warum fällt es ihm schwer, seine Werke zu Ende zu bringen? Warum setzt er den Maßstab für sich selbst so hoch an? Warum hat er nur geringen Erfolg? Wo ist die Anerkennung, von denen, die es wissen müssen? Wo ist seine finanzielle Unabhängigkeit? Karl ist es zuwider, sich ums Geschäftliche zu kümmern. Nur unwillig beschäftigt er sich mit Galeristen und Kritikern, ist ungeschickt im Umgang mit potentiellen Käufern, entdeckt nicht den Sammler, den man mit ein paar zurecht gelegten Worten entfesseln kann. Noch hat kein schwerreicher Mensch einen Narren an seiner Kunst gefressen, und es will nicht gelingen, seine Werke einem breiteren Publikum darzubieten. Karl krebst herum. Und das ist auch kein Wunder. Alle krebsten beizeiten herum, das beweisen seine Künstlerbiografien. Aber wo bleibt die glückliche Wendung? Die Existenz dieser Biografien belegt den Umstand der glücklichen Wendung. Dabei ist Karl sich nicht klar, ob Erfolg gleichbedeutend mit Erleichterung wäre. Geld an sich bedeutet Karl nichts. Lob ist eine zweischneidige Sache. Es kann schal oder bitter schmecken. Mit Lob muss man einverstanden sein, oder es kann sich niederschmetternd auswirken.

Karl wird sich beschränken müssen. Er kann sich nicht mehr länger verzetteln. Dafür hat er nicht genug Zeit und nicht genug Kraft. Und es muss ihm gelingen, bei der Stange zu bleiben. Es geht nicht an, dass er das eine liegen lässt, um etwas anderes zu beginnen, während er bereits etwas Drittes plant. So ist er leider veranlagt. Ideen schwirren in seinem Hirn herum, ganze Konzepte oder nur einfache Bilder, Symbole, Striche.

Verzweifelt versucht Karl, all dies vor dem Vergessen zu retten, all dies irgendwie umzusetzen, einzubringen, zu zeigen. Er rauft sich die Haare. Karl macht sich Notizen und Skizzen, rennt umher mit seiner Kamera, füllt Kartons mit Fotografien von Orten, Objekten, Farbflecken, Schattierungen, Rissen und Löchern, kleinste Unebenheiten. Er hat, wie erwähnt, hunderte von Bildern von Gesichtern und Menschen, Situationen und Arrangements.

Karl ist von Fragmenten seiner unermüdlichen, kreativen Geschäftigkeit belagert. Es gilt, all diese Teile irgendwie zu verbinden, zusammenzufassen, um etwas Kohärentes zu schaffen. Und je mehr er sich bemüht, desto weniger stellt sich die Gewissheit ein, dem Ziel näher zu kommen. Seine vollendeten Zeichnungen und Gemälde zeigen ihm, was möglich wäre, was er nicht geschafft hat und nicht schaffen wird.

Karl lacht kurz auf. Er hat wirklich das Gefühl, Wind um die Ecke zu schaufeln.

Er stöbert in einem Stapel Skizzen von Lises Gesicht, ihrem Körper, Lise auf dem Sofa, sitzend, liegend, etc. Soviel Zeit hat er damit verbracht, und doch hat er nicht das Gefühl, überhaupt damit angefangen zu haben, Lise zu zeichnen. Er will ihrem Gesicht, ihr selbst, auf den Grund gehen, mit Bleistift und Pinsel, alles hineinbringen, was sie ausmacht. Menschen haben die erstaunliche Fähigkeit, andere Menschen wieder zu erkennen, selbst nach Jahren und in einer überwältigenden Menge von Unbekannten, ein Gesicht unter Millionen anderer. Dabei können Gesichter so unterschiedlich gar nicht sein. Wenn man diese also so genau entziffern und erinnern kann, dann kann es doch nicht so schwer sein, diese auch zu Papier zu bringen. Oder ist es vielleicht gerade deshalb ungemein schwierig? Sind die Nuancen derart fein, dass die Werkzeuge der Kunst zu grob sind? Sind wir in der Lage, hinter und unter das Fleisch zu sehen? Sind es die Augen und deren sprichwörtliche Tiefe, die in der Zweidimensionalität verloren gehen?

Karl kennt die Antworten nicht. Vielleicht sind es nur Ausreden. Es gab und gibt Künstler, denen es gelingt, ihren Portraits Leben, Charakter und Schicksal einzuhauchen.

Und dann kommt es Karl wieder so unsinnig vor, die Neigung zur Überbewertung der Gesichtszüge, des Mienenspiels, des Geheimnisses der Augen, des Zuges des Mundes. Der Mensch an sich ist überbewertet. Das ist alles nichts weiter als biologische Funktion. Und das Verlangen nach der eigenen kreativen Selbstverwirklichung setzt dem Ganzen die Krone auf.

Aber auch diese unnützen Gedanken vergehen. Karls Problem ist, dass er etwas Perfektes herstellen möchte, etwas Vollständiges, und zwar umgehend. Und jeder Anfang muss bereits Niederlage sein. Ein Künstler muss sich damit begnügen, klein anzufangen, sich Beschränkungen auferlegen, die eigenen Grenzen zu kennen und zu akzeptieren. Das fällt Karl schwer. Karl ist impulsiv und ungeduldig. Karl kann unbeherrscht werden und auf besondere Rechte Pochen, die Rechte des frei denkenden und unberechenbaren Künstlers. Das Künstlerleben ist eine zwiespältige Angelegenheit. Ein harmloser Wahnsinn wird erwartet, Exzentrisches, Spontanes, die Allüren eines Hofnarren, gelegentliche Verzweiflung wird eingeräumt, obskure Manieren, sonderbare, aber vorzugsweise ungefährliche Vorlieben und Gelüste. Ferner wird erwartet, dass der Künstler ein wenig mehr in den allzumenschlichen Veranlagungen herumstochert als der normale Mensch. Er macht es salonfähig, auf nackte Körper, auf Aus- und Einstülpungen zu stieren, das Hässliche und Verkommene bloßzulegen, Blut und Dreck betrachten zu dürfen. Der Künstler darf sogar das Alltägliche, das Unscheinbare, das scheinbar Inhaltslose zur Kunst erklären. Insofern ist es bald eine Leichtigkeit, Künstler zu sein. Eine reine Sache des Herangehens und der Verkäuflichkeit.

Karl kann nicht ohne seine persönliche Integrität. Es wäre verantwortungslos, nicht von der eigenen Bilderwelt begeistert zu sein. Und rastlos muss daran gearbeitet werden, die Qualität zu steigern, Neues zu entdecken, sich selbst zu verbessern. Karl muss sich an allem ausprobieren, sich in allem der Wahrheit in der Kunst nähern, in seiner wie der in der Kunst im Allgemeinen.

Insgeheim zweifelt Karl an der Relativität in der Kunst. Er heuchelt Toleranz, wenn er zugibt, dass Kunst Geschmackssache ist. Oft ist Karl voller Ärger, wenn er durch Galerien und Museen geht. Da ist Unmut gegen die ausgestellten Künstler und die beeindruckten Besucher, die ahnungslosen. Selten bleibt Karl vor einem Bild stehen und sagt lediglich: »Ja!« Das ist der einzige Ausdruck seiner Bewunderung: eine Bejahung der Wahrheit. Zuviel in der Kunstwelt beschränkt sich auf Methode, Trend und überspannte Konzepte, und all das wird tot geritten. Karl verlangt es nach dem reinen, kompromisslosen, nötigen Werk. Nur Karls eigene Schwächen könnten ihn hindern, und die Fesseln des Alltags. Karl will sein eigenes Werkzeug sein, der Brunnen, aus dem er schöpft, der eigene Energievorrat, den man nötigenfalls aufbraucht. Er will nicht eher Ruhe geben, bis etwas Großartiges entstanden ist. Das ist nicht unmöglich. Man nehme nur die Monografien zur Hand. Und wenn Karl das tut, dann wird ihm heiß und kalt. Ist es vermessen zu glauben, dass er, Karl, Dementsprechendes vollbringen kann? Und ist es denn möglich, davon nicht inspiriert und mit Schaffensfreude aufgeladen zu werden? Sind es seine Helden, die ihn abfällig belächeln, verhöhnen, oder sind sie es, die ihn mit gutem Beispiel ermutigen, ja zwingen?

Karl steht wieder am Schreibtisch, betrachtet das kalte Papier auf der kalten Tischplatte, die kalten Bleistifte. All das ist unbeseelt. Zwischen ihm und den Materialien steht sein Zögern, sein Zweifel. Wem kann er mit den Utensilien, dem Papier und den Leinwänden gerecht werden? Wie kann er sich selbst besänftigen? Alles, was er leisten kann, ist in ihm drin; was er verdient und verdienen wird kommt aus ihm heraus. Karl weiß, dass Erfolg in der Welt der Kunst mehr mit einem Lottospiel zu tun hat, als mit Gerechtigkeit. Aber Kunst ist für Karl keine Lotterie. Wenn man bei seinen künstlerischen Tätigkeiten kein Fachmann ist, sich nicht fachmännisch verhält, dann hat man es mit einem Hobby zu tun. Karl ist auf seine eigene Einschätzung angewiesen.

Es ist ihm überlassen, seiner eigenen Bilderflut, seinen Willen, den Dingen seinen eigenen Stempel aufzudrücken, seine inflationären Impulse zu meistern.

Hier gibt es nichts zu wünschen. Er kann sich kein Lebenswerk wünschen. Das wäre hohl, künstlich, ohne Herkunft. Darauf könnte er nicht stolz sein, könnte es nicht als sein eigen akzeptieren. Es ist unmöglich, sich bessere Fähigkeiten zu wünschen. Wenn man sie nicht hat, dann muss man sich eben nach anderen Beschäftigungen umsehen, sind sie nicht ausgreift, dann muss daran gearbeitet werden, und zwar schwer und unbarmherzig. Karl glaubt, die richtigen Anlagen zu haben. Anerkennung kann man sich nicht wünschen, die kann man nur verdienen, selbst in dieser, alles andere als perfekten Kunstwelt. Ruhm stellt sich ein oder stellt sich nicht ein. An falschem Ruhm würde Karl zugrunde gehen. Von Tsarath eine Bilderbuchkarriere zu wünschen wäre verabscheuungswürdig. Es gibt genug, im wahrsten Sinne des Wortes, aufgeblasene Künstler, inhaltslose Verkaufsstände. Karl muss sich setzen. Im Bereich dessen, was man ernst nimmt, gibt es keine Abkürzungen, keine Auswege. Karl muss sich schnell versprechen, sich diesbezüglich nichts zu wünschen. Er kann sich kein Selbstmitleid zugestehen.

Karl bewegt sich auf den abendlich leeren Wegen in Richtung Stadtmitte.

Es ist kühl und feucht, Wind schlängelt sich durch die dunklen Straßen. Aber das macht ihm nichts aus, vielmehr begrüßt er das Erfrischende, das Abkühlende. Karl ist erleichtert, aber er ist nicht in guter Stimmung.

Er hat schließlich eine Entscheidung gefällt. Er stand am offenen Fenster, ließ genau die Witterung an ihm vorbei ins Zimmer, durch die er jetzt seinem Ziel entgegen geht.

Er stand am offenen Fenster, sah der Dunkelheit dabei zu, wie sie den Tag vertrieb. Hinter ihm, in seinem Rücken, hatte sich seine Behausung tatsächlich in ein Durcheinander verwandelt. Immer noch würde sich Karl hier zurechtfinden, aber von irgendeiner Ordnung zu sprechen wäre weit hergeholt. Der Zustand der Wohnung ließ vermuten, dass jemand verzweifelt nach etwas sehr Wichtigem, aber Kleinem, gut Verstecktem gesucht hat. Es schien, als lägen Karls sämtliche Fotografien aufgedeckt auf dem Bett und dem Fußboden herum. Bücher waren aus den Regalen gezogen, viele waren aufgeschlagen und achtlos liegengelassen worden. Zeichnungen und Drucke lagen übereinander, dazwischen Briefe, eigene Notizen, Teile von Zeitungen, Andenken, Fundsachen. Alle Gemälde waren bewegt worden, die Platz sparende Anordnung war zerstört. Alle Glühbirnen in der Wohnung waren eingeschaltet, alle Türen offen. Die Möbel waren verrückt, um ungehindertes Hinundhereilen zu ermöglichen. Es fanden sich Anzeichen von Kaffeetrinken und hastigem Essen.

Schließlich war Karl am Fenster zur Ruhe gekommen. Durch das geöffnete Fenster war seine angeheizte Stimmung wie die stickige Luft eines Treibhauses entwichen. In der Wohnung herrschte nun Stille, die Stille nach dem Sturm. Karl dachte nicht nur über den Wunsch nach, als er sich so genau in seiner Wohnung umsah und alles untersuchte. Er betrachtete auch in gewissem Sinne sich selbst, suchte nach Hauptsächlichkeiten in dem Sammelsurium seiner persönlichen Bemühungen und Interessen. Er ging ans Fenster, öffnete es, um kräftig durchzuatmen. Dort blieb er, drängte alle verwirrenden Gefühle und Gedanken zurück und wartete auf eine rationale Eingebung. Gut durchgekühlt griff Karl dann plötzlich zur Jacke und verließ seine Wohnung, ohne sich um das Chaos zu kümmern.

Er weigert sich nun, seine Entscheidung weiter zu überdenken. Er summt im Takt seiner Schritte irgendeine Melodie, hört den feuchten Dreck auf dem Gehsteig unter seinen Schuhen knirschen und beobachtet das Spiel seines Schattens zwischen den Straßenlaternen, an denen er vorbeispaziert.

Er betritt das Gasthaus, begibt sich sofort in den hinteren, gemütlicheren Raum, in dem seine Bilder hängen und entdeckt Tsarath an dessen bevorzugten Tisch. Er hat Karl bereits gesehen und räumt seine Lektüre vom Tisch. Karl steht an dem

Tisch und sagt ohne Umschweife zu Tsarath, der gespannt zu ihm aufschaut:

»Ich weiß jetzt, was ich mir wünschen will.«

In seiner Stimme ist keine Begeisterung. Es scheint, als möchte er diese Angelegenheit ohne viel Aufhebens hinter sich bringen, fast so, als handele es sich um eine geschäftliche Notwendigkeit.

Ohne von Karls grußlosen und unmittelbaren Eröffnung gerührt zu sein, sagt Tsarath ebenfalls ohne langes Zögern und zu Karls Überraschung:

»Das bezweifle ich.«

Karl glaubt, sich verhört zu haben und stößt ein zweifelndes: »Bitte?« aus. Dann, nach ein paar Sekunden, das Gehörte überdacht: »Wie meinst du das?«. Er setzt sich, ohne seine Augen von Tsarath zu lassen. Dieser lächelt und erklärt:

»Du glaubst zu wissen, was du dir wünschen willst.«

Dazu runzelt Karl die Stirn und sagt nichts. Er weiß nicht, was Tsarath ihm mitzuteilen versucht. Die Sache scheint komplizierter zu werden. Auf seinem Weg hierher vermutete Karl, er könne die Angelegenheit schnell und schmerzlos hinter sich bringen, endlich abschließen. Tsarath wartet vergeblich auf Worte von Karl. Endlich sagt er in einem freundschaftlicheren Ton:

»Siehst du, es ist nicht wirklich Geld, was du dir wünschst. Du glaubst, dass das eine gute Idee wäre, ein offensichtlicher und rationaler Wunsch. Aber tief in dir hast du ganz andere Verlangen und Bedürfnisse. Von dort wird der Wunsch kommen, den ich dir erfüllen werde.«

Tsarath macht eine Pause. Karl sagt immer noch nichts, guckt ihn weiterhin verständnislos an. Er fühlt sich beinah dadurch gekränkt, dass Tsarath weiß, was er sich wünschen wollte, aber es darf ihn nicht überraschen. Es ist wahr, Karl wollte sich tatsächlich Geld wünschen, finanzielle Unabhängigkeit. Obwohl ihm Geld an sich nichts bedeutet, so versteht er dennoch, dass Geld Zeit ist, dass Geld Freiheit bedeutet, und Möglichkeiten. Karl könnte unbedenklich Materialien von höchster Qualität für all seine künstlerischen Betätigungen besorgen, er könnte reisen (er könnte in Skiurlaub fahren), er bräuchte nie mehr zu arbeiten, jedenfalls nicht mehr in bedeutungslosen Jobs. Es ist Karl unangenehm, wie profan sich dieser Wunsch anhört, aber wenn man genau überlegt, dann wird ein jeder feststellen, welches Allzweckmittel Geld letztendlich ist. Seine eigene Gesundheit ist Karl momentan wirklich kein dringendes Anliegen, und Geld öffnet die Türen zur besten medizinischen Versorgung. Karl ist resigniert und trotzig zugleich. Ja, sich Geld zu wünschen ist fantasielos, aber es ermöglicht so vieles und verhülfe ihm zu einer bestimmten Art von Sorglosigkeit.

Er hat sich dazu durchgerungen, Tsarath um Geld, viel Geld zu bitten, und dann hört er von jenem solche verwirrenden Bemerkungen.

»Man ist sich doch nicht immer bewusst, was man wirklich will, was man begehrt«, sagt Tsarath, als würde es ihm ebenso gehen. »Versuche herauszufinden, nach was du dich wirklich sehnst. Höre nicht auf deinen Verstand, horche vielmehr tief in dich hinein.«

Immer noch fällt Karl keine Entgegnung ein. Was für ein Spiel spielt Tsarath mit ihm?

Eine Weile herrscht Schweigen zwischen ihnen. Karl rekapituliert das, was Tsarath gesagt hat, versucht zu begreifen, wozu er ihn auffordert. Karl runzelt wieder die Stirn und fragt dann herausfordernd:

»Weißt du schon, was ich mir wirklich wünschen werde? Du scheinst ja in meinen Kopf schauen und meine Gedanken lesen zu können.«

Tsarath legt den Kopf ein wenig zur Seite, hebt die Augenbrauen und lächelt entschuldigend. Er hebt die Schultern und faltet die Hände. Karl muss annehmen, das Tsarath zumindest eine Ahnung hat. Aufgebracht ruft er:

»Wie kannst du bereits wissen, was mein innerster Wunsch ist?«

Tsarath schweigt weiterhin und beobachtet Karl gespannt. Diesem wird nicht nur bewusst, dass Tsarath über unglaubliche Fähigkeiten verfügt, sondern auch, dass, sollte Tsarath bereits feststellen können, was sich Karl wünschen wird, es diesen Wunsch tatsächlich bereits gibt, tief in Karls Innern. Er sieht Tsarath lange stumm an, steht dann langsam vom Stuhl auf und wendet sich zum Gehen.

Tsarath ruft ihm nach: »Du findest mich hier.«

Karl bleibt kurz stehen, schaut sich aber nicht um. Dann verschwindet er. Auf dem Nachhauseweg geht ihm langsam auf, auf was er sich wirklich eingelassen hat. Ärger steigt in ihm empor, und die Gewissheit, eine schlaflose Nacht und einen nicht minder anstrengenden Tag vor sich zu haben. Karl hat sich den Verlauf dieses Abends anders vorgestellt. Er hatte gedacht, einen einträglichen Ausweg aus diesem fantastischen Dilemma gefunden zu haben, nur um sich anhören zu müssen, dass er immer noch den schwarzen Peter hat, den es ans Tageslicht zu zerren galt. Karl hastet nach Hause, und will dennoch eigentlich nicht dort hin.

Schreck fährt Karl langsam in die Glieder. Er hat das Haus erreicht, steigt die Treppe herauf, schließt auf und setzt sich. Seine Gedanken sind zerzaust. Er geht in die Küche und schenkt sich einen Schnaps ein. Damit begibt er sich zurück zum Sofa.

»Angenommen«, denkt Karl, »ich wünsche mir tatsächlich nicht Geld, weil das nämlich zu offensichtlich, zu oberflächlich ist und anscheinend nicht meinem wirklichen Wesen, oder Charakter oder was auch immer entspricht, angenommen, ich habe andersartige Bedürfnisse. Wie kommt es, dass mir das verborgen bleibt, dass sich dieser wahre Wunsch mir nicht offenbart, mir nicht zu Bewusstsein kommt?«

Karl sitzt wie versteinert mit dem kleinen Glas in der Hand in seiner unordentlichen Wohnung. Der Schreck will nicht vergehen. Karl trinkt.

Irgendetwas ist Karl wichtiger als finanzielle Sorglosigkeit. Das ist nicht unbedingt das Überraschende. Karl verspricht sich mehr vom Leben als Reichtum. Aber war er nicht zu dem Ergebnis gekommen, dass Geld als Mittel zum Zweck der sinnvollste Wunsch sei?

Er hatte das doch geklärt. Es scheint so, als hätte er selbst ein wichtigeres Anliegen.

All sein Nachdenken hatte sich auf die Frage konzentriert, welcher Wunsch am wirkungsvollsten, am förderlichsten sei. Er hatte alle Überlegungen und Neigungen verdrängt, die persönlicheren, emotionaleren Impulsen entsprangen, die ihm am Ende wohl nur in Schwierigkeiten oder Peinlichkeiten bringen würden. Nun muss er sich damit auseinandersetzen, dass er nicht weiß, was er wirklich ausheckt und daher auch nicht wissen kann, welche Konsequenzen das mit sich bringen wird. Der Schreck rührt daher, dass er sich offensichtlich selbst nicht trauen kann und dass er sich selbst falsch eingeschätzt hat, dass er sich weniger kennt, als ihm lieb sein kann.

Bei dieser Überlegung verharrt er einige Zeit. Karl steht wieder auf und schenkt sich nach. Unruhig geht er hin und her. Er schaut auf das Glas, auf die klare Flüssigkeit. Hatte nicht gerade der Alkohol beizeiten sein Innerstes herausgekehrt und ihn in Teufels Küche gebracht. Trinken vernebelt den Verstand und enthemmt. Enthemmt was, fragt sich Karl. Im Wein liegt wohl weniger die Wahrheit als alberner Unsinn, aber dieser alberne Unsinn ist immerhin vorhanden. Karl fürchtet, dass er die Kontrolle über seinen Wunsch verliert. Er fürchtet, seine Integrität könne so von seinem eigenen Unterbewusstsein belagert sein, dass der tiefe Ozean den Korken verschlingt. Macht sich Karl überhaupt eine Vorstellung davon, welch gefährliche Verlangen in ihm stecken? Er versucht genau das, und sein Schrecken wächst.

Es fängt damit an, dass er sich in seiner Unberechenbarkeit wünschen könnte, auf dem Mond zu stehen, um die schöne Aussicht zu genießen und mit den Füßen im wahrlich unberührten Mondstaub zu spielen. Würde er instinktiv so geistesgegenwärtig sein, sich auch einen Raumanzug dazu zu wünschen? Er könnte sich die Fähigkeiten eines Superhelden herbeiwünschen, er könnte Kanzler sein wollen. Es ist nicht auszudenken.

Karl vermutet jedoch, dass der versteckte Wunsch mehr etwas mit seinem persönlicherem Umfeld, mit seinen unmittelbaren Vorlieben zu tun hat. Alles, was er sich vorgenommen hat, nicht zu wünschen, ist also lange noch nicht vom Tisch. Es lauert immer noch die grandiose Ausstellung all seiner fantastischen Werke mit jubelnden Kritikern, schmelzenden Herzen und allem Drum und Dran im Palast der feinen Kunst einer einladenden Weltstadt. Vielleicht wünscht sich Karl, gefeiert zu werden und zu feiern, im Erfolg zu schwelgen. Dabei erinnert er sich an seine letzte Ausstellung in einer kleineren Galerie in seiner Heimatstadt. Er hatte sich fehl am Platz gefühlt, lauschte geschwollenen Gesprächen, die eher weniger mit seiner Kunst und seinem Können zu tun hatten, als mit hochtrabenden Allgemeinheiten. Er hatte sich den Bauch mit Garnelen und Trüffeln vollgeschlagen und hatte sich mit Rainer kräftig vom Burgunder bedient. Auf dem Parkplatz musste er sich übergeben und war dann mit dem lachenden Rainer in dessen Wohnung gefahren und hatte bis zum Morgengrauen obskure Jazzplatten hören müssen. Die Gemälde hatten sich nicht besonders gut verkauft. Die Ausstellung war für Karl ein finanzieller Verlust. Karl braucht Geduld und ein dickes Fell, keine plötzliche Furore, keine Überschwenglichkeiten, die sich auf nichts stützen. Das weiß Karl, aber wird er sich nicht vielleicht gerade das insgeheim wünschen? Oder vielleicht die Überzeugung, nun endlich verkäuflichere, gefälligere Bilder zu malen, einem netten Trend folgend. Karl erschauert. Er sieht Horden von Käufern an seine Tür trommeln, er sieht Kritiker hämisch lachen. Was würde er sich einbrocken, wie würde er das verkraften? Er könnte sich Lise herbeiwünschen. Wer weiß, vielleicht würde er sie in gewagter Unterwäsche herumstolzieren lassen, vielleicht würde er sie sich in sein Bett wünschen, obszön ihr Verlangen nach ihm heraustöhnend. Dabei dachte er immer, das wäre ihm zuwider, solche allzu männlichen Träume. Muss er damit rechnen, mit solchen unangenehmen Schwächen? Wie sollte er ihr das erklären?

Er denkt an Lise, an ihr gemeinsames, erstes Treffen, an weitere Verabredungen. Zu Beginn hatte Lise einen offenen, erwartungsvollen und einladenden Blick in ihren schönen Augen, nichts Ungezogenes. Ihr Blick galt ihm. Ihre Art sich zurechtzumachen, ihr Art sich zu kleiden, sich zu geben, das galt ihrem eigenen Selbstbewusstsein und ihm, Karl. Das war der Magnetismus zwischen Männlein und Weiblein, mit seinen Eindeutigkeiten und seinen unschuldigen Erwartungen bezüglich körperlicher Liebe. All das zeugte auch von Vertrauen und Zugehörigkeit. Natürlich ließ das nach einiger Zeit nach, machte einer gewissen Gewohnheit Platz, aber man erinnerte sich daran. Karl erinnert sich auch, wie Barbara ihm gewöhnlich die Tür öffnete, wie vorbereitet sie stets gewesen war. Barbara hatte Kleinigkeiten zum Essen bereitet, Kerzen entzündet, Wein entkorkt. Sie duftete von allen Seiten und kleidete sich wie mit Geschenkpapier, stellte deutlich ihre körperlichen Formen zur Schau, lächelte ein spezielles Lächeln und benahm sich auch ansonsten sehr zuvorkommend. Karl fühlte sich davon irritiert, und es brauchte einige Zeit und ein paar Gläser Wein, um ihn bereit zu machen. Aber war da nicht auch eine heimliche, fast ängstliche Faszination. War da nicht auch die unterdrückte Freude an solch weiblicher Aufmerksamkeit und zielgerichteter Lust? Würde gar Barbara Objekt seines wohlmöglich lüsternen Wunsches sein, würde sie zur Tür hereinspazieren und ihn ergreifen. Würde Lise für ihn Barbaras Allüren annehmen müssen? Die Lise, die jetzt Pagel ihre aufrichtigen Blicke schenkt? Pagels, der bei der nächsten Abfahrt dem Baum nicht mehr ausweichen kann und Opfer der Piste wird, weil Karl es sich so insgeheim vorstellt und so geschehen lassen wird, weil er es kann? Plötzlich fürchtet Karl um Pagels Leben, um seine Gesundheit. Ist es auszuschließen, dass er Pagels die Pest an den Hals wünscht.

Hat er gar unterdrückte Aggressionen gegenüber Lise? Ist sie sicher?

Karl erbleicht. Er würde für Lise alles tun, sie vor jeder Gefahr beschützen. Oder etwa nicht? Karl geht auf und ab. Wäre es möglich, dass er sich wünscht, Lises Sklave zu sein? Wird er wohlmöglich zu einem lästigen Anhängsel, wird einholen müssen, putzen, wird an der Leine herumgeführt, vorgezeigt, vielleicht sogar missbraucht? Wer weiß, was Karl sich so alles wünscht. Wohlmöglich trachtet er nach Unwiderstehlichkeit, nach ungeheurer Potenz und Zeugungswillen, nach Vermehrung.

Aber dann erinnert Karl sich wieder an seine gewalttätigen Tagträume. Natürlich lebt er sowas nicht aus. Er droht vielleicht unter Alkoholeinfluss Schläge an, wird laut und zudringlich, aber es ist bis jetzt nichts Handgreifliches vorgefallen. Weiß er, was diesbezüglich in ihm steckt, zu was er fähig wäre? Ist er eine Gefahr für Pagels? Für andere? Wie ödipal ist Karl? Entsetzt hastet er zum Bücherregal, zerrt an Freud und Psychoanalyse. Aber er ist bereits zu angetrunken, um sich aufs Lesen konzentrieren zu können. Er lässt die Bücher fallen. Wird er sich wünschen, bei seiner Zeugung zugegen zu sein, gar selbst daran teilnehmen wollen? Er lacht auf, ein nicht gerade überzeugendes Krächzen wird daraus. Er hält die Flasche in der Hand.

»Vielleicht wird etwas Faustisches daraus«, murmelt Karl, »etwas, wofür ich büßen muss, zahlen bis zum Ende. Vielleicht wünsche ich mir den Tod vom Hals und lebe ohne zu altern. Endlich Zeit, alle, wirklich alle Bücher zu lesen ... Ich kann sie alle aufsaugen, anderer Leute Geschichten. Endlich Zeit genug, bis ich es satt habe, mir das alles anzusehen, den Menschen zuzusehen, und darüber hinaus. Ein Fossil werde ich, selbst ein Museumsstück.« Er nimmt einen Schluck.

»Etwas Übernatürliches: Erfolg ohne Zutun, ein Werk ohne den Finger zu rühren, Wunder vollbringen, ja, geliebt werden, bewundert, auf Händen getragen. Ich bin mir für keine Idee zu schade.«

Karl sitzt wieder auf dem Sofa. Er brütet vor sich hin, nippt an der Flasche. Hin und wieder lacht er auf, wenn ihm etwas besonders Ausgefallenes einfällt, dann fängt er an zu zittern, wenn er sich die unglaublichste Niedertracht zumutet. Er seufzt und prustet, seine Bewegungen werden weich, einmal lässt er die Flasche fallen. Er greift wahllos nach den Fotos, die verstreut herumliegen, aber er erkennt nicht mehr viel, sein Blick rotiert. Er steht auf, schwankt, nimmt noch einen kräftigen Schluck und fällt aufs Bett. Er bleibt angezogen, liegt auf der Bettdecke zwischen den Bildern.

Er erinnert sich nicht, geschlafen zu haben. Es ist hell und Karl liegt auf dem Bauch. Seine Bartstoppeln kratzen am Kissen, seine Glieder sind plump ausgestreckt. Sein Körper verlangt vor allem Wasser und die Klobrille. Langsam steht Karl auf, und ihm ist nicht wohl in seiner Haut, in seiner Kleidung. Er zieht sich aus und trinkt gläserweise Wasser. Es fällt ihm noch schwer, die Balance zu halten. Siedendheiß befürchtet er plötzlich, er könnte Lise angerufen haben. Die Nummer des Hotels hat er. Das Telefon scheint unberührt geblieben zu sein, sein Notizbuch ist noch in der Umhängetasche. Er beruhigt sich wieder. Er hat Lise nicht angerufen. Ihm fällt ein Stein vom Herzen. Das hätte schlimm ausgehen können. Karl versucht seine Übelkeit mit einer erbarmungslosen Dusche zu verscheuchen. Nass geht er in die Küche, überlegt, ob er einen

Kaffee aufsetzen soll. Sein Zustand könnte sich verschlimmern. Aber er wird nicht drum herum kommen. Karl entsinnt sich der nächtlichen Unruhe, seinem einsamen Gelage, den beunruhigenden Visionen. Er geht zum Spiegel und sieht sich lange ins Gesicht. Was verbirgt sich hinter den Masken, hinter den Grimassen, die er schneidet? Kann er sich in die Seele schauen? Er wirft sich einen prüfenden Blick zu. Ist dort ein Schelm, ein Bösewicht? Ist Karl unzurechnungsfähig? Mit ihm werde ich leben müssen, denkt Karl. Er wendet sich ab und geht in seiner Wohnung umher, hebt dies und jenes auf und räumt es weg. Von all den Sachen geht etwas Bedrohliches aus, fühlt Karl.

Wieder steht er am Fenster und guckt hinaus. Der Dampf des Kaffees kondensiert an der kalten Scheibe. Es regnet schlank. Es herrscht grelles Grau. Regentropfen treffen sich an der Außenseite der Scheibe und rinnen daran herunter. Karl lehnt sich mit der Stirn ans Fensterglas. Er muss damit rechnen, dass etwas Schicksalhaftes, etwas nicht wieder gut zu machendes geschieht, wenn er seinen Wunsch einlöst. Karl gibt zu, sich nicht über den Weg trauen zu können, sich nicht unter Kontrolle zu haben. Er kann diesen Wunsch nicht riskieren. Es könnte etwas Wundervolles sein, etwas Gutes, aber er vermutet eher etwas Geschmackloses, Unangebrachtes, Gemeines, Fürchterliches. Karl könnte sich regelrecht in ein Monstrum verwandeln. Er muss wieder an die Sicherheit seiner Freunde, und seiner Feinde denken, selbst an die von Andres Töle. Nein, er wird Tsarath enttäuschen müssen. Trotz des Regens entscheidet er, das Haus zu verlassen und Tsarath aufzusuchen. Es ist bereits später Nachmittag, sein todesähnlicher Schlaf hat Gott sei Dank lange angehalten. Er wirft die Flasche in den Mülleimer und stopft sich ein paar Kekse in den Mund. Er vervollständigt seine Bekleidung und begibt sich in den Regen und den nassen Lärm.

Karl hat richtig vermutet. Er trifft Tsarath in der Gaststätte, am gleichen Tisch wieder an. Dieser seziert eine Tageszeitung, hat Druckerschwärze an den Fingern. Mit ernster Miene, aber erwatungsvoll, deutet Tsarath auf einen leeren Stuhl. Karl setzt sich, entschlossen, nicht um den heißen Brei herumzureden. Tsarath faltet geschickt die Zeitung zusammen und legt sie auf einen anderen Stuhl. Die Sitzung ist eröffnet, denkt Karl. Sie blicken sich an. Etwas Aufmunterndes ist in Tsaraths Gesichtsausdruck, aber auch etwas Vorsichtiges. Sicherlich will er auf seine Kosten kommen. Wer ist dieser Mensch eigentlich?, ärgert sich Karl. Wo kommt er her, was hat er im Sinn?

Karl erinnert sich wieder, wie wenig er wirklich über ihn weiß. Name, Vorname, der nie benutzt wird, spärlich biografische Informationen. Nichts Gravierendes ist bekannt, nichts Außergewöhnliches scheint mit Tsarath in Verbindung gebracht werden zu können. Seltsames Benehmen legt er an den Tag, aber nicht beunruhigendes, bis jetzt. Sitzt Karl dem Teufel gegenüber? Ist Tsarath gehässig, hat er Spaß daran, andere, oder vielmehr Karl, zu quälen?

Tsarath wird wohl Karls düsterer Stimmung gewahr geworden sein. Geduldig sagt er:

»Nun?«

Karl atmet heftig. Lehnt sich vor und zurück. Er will Tsaraths sachlichem Blick nicht ausweichen, presst die Lippen aufeinander. Dann platzt es heraus:

»Ich habe mich entschieden, mir nichts zu wünschen ... vielmehr«, fügt er hastig hinzu, »Wünsche ich mir, keinen Wunsch frei zu haben. Ich will keinen Wunsch!«

Jetzt ist es heraus. Die einmalige und alles versprechende Möglichkeit vertan. Karl ist dennoch erleichtert. Nichts Unliebsames und Unkalkulierbares wird sich zutragen. Es bleibt wie es ist. Er lehnt sich zurück und weicht Tsaraths Blicken aus. Karl schaut sich im Raum um, nimmt aber nichts wahr. schließlich finden sich ihre Blicke wieder. Es hat keinen Zweck Tsarath auszuweichen. Er sieht ihn in seinem Stuhl zurückgelehnt, ihn betrachtend.

»Bist du sicher?« fragt Tsarath dann, bietet eine letzte Hintertür an.

»Zweifelst du daran?«, fragt Karl herausfordernd zurück. Tsarath weiß doch bereits alles. Karl fühlt sich, als habe er ein Urteil über sich selbst gefällt.

Tsarath lächelt kurz, sagt nichts. Karl hat sehr wohl das Bedürfnis, mit jemandem zu reden, sich auszuschütten. Und natürlich ist Karl niedergeschlagen, aber er will sich Tsarath nicht endgültig zum Fraß vorwerfen. Sie schweigen. Die Geräusche des Lokals füllen den Raum zwischen ihnen aus. Karl fühlt sich noch nicht entlassen.

Etwas steht noch aus. Wortlos muntert ihn Tsarath auf. Schließlich fragt Karl doch:

»Weißt du, was ich mir gewünscht hätte?« Karls Herz schlägt um sich.

»Ja«, sagt der Gefragte.

»Was hätte ich mir gewünscht?« Karl weiß nicht, ob er es wirklich wissen will, aber er muss das jetzt zu Ende bringen.

Tsarath lässt sich mit der Antwort Zeit. Karl glaubt nicht, dass Tsarath den Augenblick genießt. Eine Pause scheint lediglich angebracht. Immerhin dreht es sich hier um Karls innerste Angelegenheit.

Als die Pause an sich zu gewichtig zu werden droht, gibt Tsarath sein Wissen preis. Ohne besondere Betonung sagt er leise, aber deutlich:

»Du hättest dir gewünscht, blind zu sein.«

Im Folgenden muss Tsarath annehmen, allein am Tisch zu sitzen. Karl regt sich nicht mehr. Es ist Tsarath nicht möglich, Karl anzusehen, was in ihm vorgeht. Er lässt Karl in Ruhe. Er leistet ihm noch ein bisschen Gesellschaft, nimmt dann seine Zeitung, wirft sie auf einen, in der Nähe befindlichen Magazinständer, und legt sich seine Jacke über den Arm. Er geht zu Karl, klopft ihm auf nicht eindeutige Weise auf die Schulter und entfernt sich dann.

Nach Tsaraths Offenbarung herrscht in Karls Kopf eine gnädige Leere. Er denkt nicht zusammenhängend. Er fühlt lediglich auf instinktive Weise, dass Tsarath sich das nicht ausgedacht hat. Noch ist Karl nicht in der Lage, sich um die Konsequenzen dieser seltsamen Neuigkeit zu kümmern. Nach einem, für Karl nicht abzuschätzenden Zeitraum erhebt er sich und begibt sich automatisch zum Ausgang und auf den Nachhauseweg. Karl bemerkt seine eigenen Bewegungen nicht. Die Wege selbst nehmen sich Karls an, die Haustür, die Treppe hoch zu seiner Wohnung, die Wohnungstür.

Er steht verloren in seinem Zimmer. Karl vermeidet es, irgendetwas für länger als Sekunden anzuschauen, auch schließt er die Augen nur kurz.

Was geht hier vor, fragt Karl sich, langsam aus seinem Zustand erwachend, was ist mit meinen Augen?

Plötzlich scheint sich sein Blut unnatürlich zu erwärmen, ihm werden die Knie weich.

Er stützt sich auf den Rückenlehne des Sofas. Mit zusammengekniffenen Zügen, mit aufeinander gepressten Lippen gibt Karl ein komisches Brummen von sich, fast ein Summen. Es klingt wie der Versuch, gerade dieses Geräusch zu unterdrücken. Karl zittert. Er versucht, sich mit tiefen Atemzügen zu beruhigen. Zielgerichtet geht er in die Küche, kramt zwei Messer aus einer Schublade und sagt zu sich selbst, er könne gleich hier und jetzt seinen Wunsch erfüllen. Er schaut auf die Spitzen der Messer und fragt sich, ob er sich damit befriedigen kann. Dann lässt er sie in die Spüle fallen.

Ich muss mir etwas Besseres wünschen, denkt Karl, was anderes überlegen. Karl weiß nicht, wo er sich in seiner Wohnung aufhalten soll. Er hat Angst, irgendetwas zu betrachten, scheut sich aber noch mehr davor, nichts zu betrachten, scheut sich vor dem Gefühl, nichts zu sehen.

Karl versucht, sich selbst zu besänftigen, in dem er Oberflächlichkeiten in die Stille Wohnung hineinsagt: »Was für eine blödsinnige Geschichte. Sowas kann ja auch nur mir passieren. Tsarath sollte man mal die Hosen stramm ziehen.

Aber das hört sich für Karl bald zu hohl, zu schal, ja deprimierend an. Alles ist falsch.

Endlich kann sich Karl am Ausblick durch das Fenster verankern. Dort steht er lange und sieht dem Himmel und den Bäumen zu. Er ist erschöpft und, endlich, traurig.

»Was soll ich tun«, fragt er sich, »was hat das zu bedeuten?« Doch jeder Gedanke, jede Überlegung findet ein schnelles Ende, kollidiert mit der Wucht des unerfüllten Wunsches. Karl wagt es, sich vom Fenster wegzudrehen und den Raum, die Sachen darin anzusehen. Eine seltsame Schwingung geht von den Dingen aus, ein Vor und Zurück.

Ich muss hier raus, denkt Karl beinah sachlich, feststellend, aber er bewegt sich nicht. Das »Hier« kann er nicht verlassen. »Für Tangen war da die russische Barke«, murmelt er. Dann räuspert er sich und fährt sich durch die Haare. Langsam, aber entschieden geht er zum Schreibtisch und zieht den rollenden Stuhl zu sich heran. Er setzt sich vorsichtig, als fürchte er ein schlafendes Getöse, das er mit Hastigkeit erwecken könnte. Konzentriert zieht er ein einzelnes Blatt Papier hervor, nimmt einen Stift in die Hand. Mit der anderen streicht er über das leere Papier. Eine Spannung scheint von ihm zu weichen. Karl beginnt.

Im Café

Pagels saß nachdenkend in einem Café.

Seine Arme lagen auf einem kleinen, abgeräumten Tisch, an den er alleine in einer Ecke herangerückt war.

Er war auf der Suche nach einer Formulierung, einer Formulierung, die aussagekräftig und ihm wichtig war. An diesem Morgen noch, im Bett, kurz nach dem Erwachen war sie ihm gekommen. Er hatte versäumt, sie aufzuschreiben.

Sie war nicht weltbewegend gewesen, aber bemerkenswert genug, um sich ihrer entsinnen zu wollen. So schien es gewesen zu sein.

Mit dem Rücken zur Ecke des Cafés, dem Geklimper und Geschnatter der Gäste ausgesetzt, schaute er durch die sonnenbeschienene Einrichtung und dem Treiben an den übrigen Tischen in eine innere, sprichwörtliche Ferne, in die wohl jene Formulierung entschwunden war. Er schien wirklich nichts wahrzunehmen, an ihn gerichtete Blicke, ein umgekipptes Glas, die Registrierkasse.

Pagels versuchte, seine morgendlichen Gedanken möglichst genau und in zeitlicher Reihenfolge nachzuvollziehen, um so quasi zwangsläufig wieder auf jene vergessene Formulierung zu stoßen.

Es gelang ihm jedoch nicht.

Sie lag ihm auch nicht auf der Zunge, wie der Name einer Schauspielerin, die man im Geiste vor sich sieht, an deren Bewegungen und Stimme man sich bestens erinnert.

Nein, eher war sie wie ein Traum, der einem mehr und mehr

entgleitet, je angestrengter man versucht, ihn sich ins Gedächtnis zurückzurufen.

»Von woher eigentlich?«, sagte Pagels zu sich, »Irgendwo lauert oder kauert meine Formulierung, verschüttet in meinem Unterbewusstsein, vom vielen Nachdenken und von Wahrnehmungen im Laufe des Tages verdrängt.«

Pagels fragte sich, ob es helfen würde, sich hypnotisieren zu lassen. Sicherlich, meinte er, würde er sich, hypnotisiert, auf Kommando erinnern, emotionslos, unbeteiligt und wahrscheinlich gerade deshalb.

Pagels glaubte, dass er sich selbst im Wege war auf der Suche nach seiner abhanden gekommenen wörtlichen Entdeckung.

Er stellte sich vor: Er würde hypnotisiert sofort Auskunft geben, ohne sich darüber zu freuen oder überrascht zu sein. Und wieder erweckt aus der Hypnose wäre er so ahnungslos wie vorher. Gespannt würde er sich die Videoaufzeichnung der Sitzung mit dem Hypnotiseur ansehen und sich, stocksteif unter fremder Kontrolle, wie ein schlechter Schauspieler, sagen hören, an was zu erinnern er sich vergeblich bemühte – seit geraumer Zeit nun schon.

Die Formulierung würde einfach der tiefen Grube seines Unterbewusstseins entsteigen, rezitiert von einer roboterhaften Gestalt, der der eigene Wille abhanden gekommen ist.

Pagels Gedanken verharren für einige Momente bei Schauspielerei und dem Bild des tiefen Schachtes, aus dem seine Persönlichkeit einst gekrochen kam, in welchem vieles unwiederbringlich, so möchte man meinen, hineinfällt und an dessen dunklen Boden es wuchert und gärt. Dort hängt die Formulierung fest, unschuldig und – sie schien zwar wichtig und doch harmlos – gänzlich unverdient.

Nur ein vager Hinweis blieb von ihr, aber nicht deutlich genug. Pagels wusste noch nicht mal mehr, um was es ging.

Er musste lächeln.

»Die alten Filme«, schweifte er ab, «... sind wir uns bewusst, dass sie alle schon tot sind, die so beweglichen Gestalten – zum Beispiel die der Stummfilme? So schöne Antlitze, makellose Körper, jetzt nicht mal mehr Haut, nur Knochen. Weiße, winddurchlässige Gebeine, spröde und zerbrechlich, was einst so biegsam und anmutig war, aus kleinen Zellteilungen erwachsen ... das ist übrig von Personen vor der Kamera.

Als Tribut an die Zeit und Vergänglichkeit sollte man doch lieber gleich alle Filme aus Röntgenbildern zusammensetzen.«

Und dann stellt sich Pagels wieder sich selbst unter Hypnose vor und wie er auf dem Bildschirm bloßgestellt sich selbst die Formulierung verraten würde, festgehalten, zeitlos, durch die Technik, für ihn und kommende Generationen.

Die Implikationen gingen ihm zu weit.

Es handelte sich ja lediglich um eine Formulierung von relativer Wichtigkeit, mit einem vermutlichen Wahrheitsgehalt.

Er erinnerte sich noch, wie erfreut und aufgeregt er gewesen war wegen jener Feststellung, jenes erleuchtenden oder vorwitzigen Gedankens. Es ging um eine Verbindung zwischen scheinbar unzusammenhängenden Angelegenheiten.

Ihm war durch die Formulierung einiges klar geworden – oder besser: Er hatte ein Sich-klar-werden in Worte gefasst, wohlklingend und elegant – eine Formulierung eben.

Er notierte ja des Öfteren bestimmte Gedanken, und so hatte er sich deshalb vorfreudig auf den Weg ins Café gemacht, das belebt war, ihm aber seine Ruhe ließ.

Pagels lehnte sich zurück.

»Die Widrigkeiten des Menschseins«, dachte er, »eine wäre die Vergesslichkeit.«

Ihm war klar: Plötzlich würde die Formulierung wieder da sein, einfach wieder da sein, ohne Ankommen, ohne sich anzukündigen. Vielleicht würde Pagels sich dann auf die Stirn schlagen und wegen seiner geistigen Trägheit stöhnen.

»Warum muss ich mich mit einem löchrigen Gedächtnis abgeben, wo bitte war meine Konzentration?«, würde er vielleicht sagen.

Pagels setzte seine Gedanken fort: Die der Formulierung zugrundeliegende Erkenntnis hatte er ja bereits gehabt. Lag diese nun auch im Verborgenen? Hatte er sie gar verloren? War er nun dümmer als heute morgen? Oder war jene Einsicht nun Teil seiner Weisheit, zwar momentan nicht adäquat zu verbalisieren, durchaus aber irgendwo vorhanden und wirkend?

»Worte sind doch wirklich unzulänglich«, sagte er sich, »und doch begreifen wir uns und alles in ganzen Sätzen. Wie rational könnten wir sein ohne die Logik der Sprache?«

Pagels dachte tatsächlich in ganzen Sätzen als er so bewegungslos an seinem runden Tisch in der Ecke saß.

Da fiel ihm seine liebgewonnene Formulierung von heute früh nicht mehr ein und gleichzeitig sprudelten es alle möglichen Anmerkungen aus ihm hervor.

Zum Beispiel: Backsteine sind so spröde wie Knochen.

»Das ist doch eine interpretationsfreundliche Formulierung«, dachte Pagels und lächelte erneut, auch weil er sich vorstellte, dass andere sich fragten, was in ihm wohl vorgehe, so allein am Tisch in der Ecke, zeitweilig lächelnd, ansonsten grüblerisch.

»Backsteine sind so spröde wie Knochen.« – Harmlos und ohne richtigstellenden Charakter. Ein lyrischer Aufstoß, vielleicht. Aber leider nicht seine vermisste Formulierung.

Pagels spreizte seine Finger auf der Tischplatte und fragte sich, woher solche Eingebungen wohl kommen mögen. Aus dem dunklen, vertikalen Schacht in der Psyche? Oder zucken tatsächlich nur kleine, zufällige Blitze im Netz der Neuronen, kleine Assoziationen machend, die zwar irgendwie bedeutsam scheinen, aber nun wirklich weit hergeholt und nichtssagend sein müssten?

»Auf irgendwas lässt sich das schon zurückführen«, glaubte Pagels.

Er schaute hinaus, durch eines der großen Fenster auf die sonnenbeschienene Straße und den Bürgersteig. Die rauhe Wirklichkeit kümmerte sich nicht um ihn und sein Dilemma.

»Ich könnte ihr gänzlich gestohlen bleiben«, ahnte Pagels, aber er war nicht ungehalten.

»Sie ist die immerwährende Kulisse für die agierenden oder schon abgetretenen Schauspieler, ganz gleich. Aber«, Pagels lächelte wieder und redete sich zu, »... was wäre die Kulisse ohne Schauspieler?«

Pagels hielt sich über Wasser mit eingebildeter Wichtigkeit, vermutete er.

Er sah Lisa auf dem Bürgersteig näher kommen. Sie würde sicherlich das Café betreten, sich umsehen und auf ihn aufmerksam werden.

Er konnte sich auf sie vorbereiten. Sie konnte eine willkommene Abwechslung sein.

Sie trug eine schlaffe, weinrote Kappe, aus der ihr Haar wie ein Vorhang heraus fiel. Es wedelte um ihre Schultern durch ihr Spazierengehen.

Sie schlenderte heran, Pagels Freund.

»Ach, das Weibliche«, seufzte er, »... und ihr sonniges Gemüt. Das Männliche und das Weibliche, es passt so gut zusammen für den Fortbestand der Zuversicht.«

Pagels machte ein zufriedenes Gesicht.

Sie betrat das Café, bemerkte ihn und trat erfreut heran, grüßte sonnig. Er grüßte, lehnte sich zurück und lud sie so zum Hinsetzen ein. Sie machte es sich bequem, wie ein Huhn im Sand.

Pagels sprach: »Lisa, ich bin unvollkommen.«

Sie winkte ab und sagte lachend: »Aber das wissen wir doch alle, Schatz.«

»Wie könnte es einen allmächtigen, unfehlbaren Gott geben, der uns nach seinem Bild erschaffen hat oder haben gewollt hätte können?«

Er hob die Arme und seufzte.

»Ich merke, du bist guter Laune«, erwiderte sie und schmunzelte, sich seiner Schauspielerei bewusst.

»... wie könnte ein einzelnes Wesen auch die Übersicht haben um, zum Beispiel, so etwas ausgeklügeltes und praktisches wie ein menschliches Gerippe zu erfinden, und es dann aus einer einzelnen Keimzelle wachsen zu lassen?«

Er hatte nicht aufgehört, ihr in die Augen zu schauen.

Sie fragte: »Wie lange sitzt du hier schon alleine rum?«, als hätte sie es schon einmal gefragt oder als knüpfte sie damit an eine dementsprechende Unterhaltung an.

»Zu lange, du bist die Rettung«, sagte er kurzerhand, ergriff ihren Arm und machte eine belegte Miene, lachte dann aber.

Er dachte noch, er könne verharren und bald weiter nach seiner Formulierung stöbern, könne sich noch rechtzeitig über seine menschliche Unzulänglichkeit erheben. Etwas Entscheidendes, danach war ihm heute, aber die Klarheit fehlte wohl.

Laut sagte er: »Was bilde ich mir eigentlich ein ...?«

»Lass uns gehen«, sagte sie, sprang auf und dokterte an ihrer Kopfbedeckung herum.

Gezahlt hatte er schon lange.

Sie verließen das Café und schritten auf den Bürgersteig.

Sie hakte ihn unter und einen Augenblick, aber nur kurz, war es ihm, als würde er abgeführt.

Mühle

Gegen zehn Uhr abends kam ich nach Hause. Ich wohnte zu der Zeit noch bei meinen Eltern im Haus, hatte dort mein Zimmer neben ihrem Schlafzimmer. Ich kam durch die Hintertür herein, die noch nicht abgeschlossen war, sagte kurz »Hallo« zu meiner Mutter und ging durch Küche und Flur ins Wohnzimmer, in dem der Fernsehapparat lief. Mein Vater saß auf der Couch und guckte irgendeine Unterhaltungssendung. Er beachtete mich erst weiter nicht. Ich ging zum Kühlschrank und nahm eine Flasche Selter heraus, holte mir ein Glas und schenkte ein. Es war eine warme Nacht. Ich war eine halbe Stunde durch die Dunkelheit gewandert und war durstig. Nach einer Weile fragte mich mein Vater: »Wo kommst Du denn jetzt her?«

»Jetzt« bedeutete in diesem Satz: »so spät«. Ich setzte das Glas an und trank.

Dann sagte ich: »Von Vince«.

»Hmhm«, machte mein Vater und schaute weiter auf den Fernseher.

Eine Weile saßen wir nur da, beide scheinbar konzentriert auf das Programm.

»Was treibt ihr beiden da eigentlich die ganze Zeit?«, fragte er schließlich. Ich antwortete lange nicht, bis er hinzufügte: »Du treibst dich doch fast täglich 'rum. Dass du seinen Eltern nicht auf die Nerven gehst.« Letzteres sagte er nicht als Frage oder als Mahnung. Es wunderte ihn.

»Ihr könnt doch nicht die ganze Zeit rumsitzen.«

»Wir haben Tee getrunken«, sagte ich.

»Hach«, machte mein Vater mißmutig. Er wollte keine Ruhe geben. Nochmals fragte er mit denselben Worten: »Was treibt ihr die ganze Zeit?«

Wieder sagte ich eine Weile nichts. Dann antwortete ich schließlich: »Nix.«

»Nichts!«, sagte mein Vater scharf. Er schüttelte den Kopf.

Ich hatte kein Interesse, mit ihm zu reden. Die Stimmung war gespannt. Wir schwiegen. Unsere Unterhaltungen beschränkten sich sowieso gewöhnlich auf das Nötigste. Bei laufendem Fernseher gibt es keine Stille. Wir hätten alles Sprechen sein lassen können. Des Friedens willen und aus Freude an der Banalität sagte ich dann:

»Wir haben Mühle gespielt.«

»Ha«, lachte er, machte sich lustig über diese meine Aussage. Er hätte sich mit »nix« oder vielleicht mit einem »Unsinn« zufrieden geben sollen.

»Mühle«, sagte er mit kräftiger Betonung. Er amüsierte sich, war aber gleichzeitig aufgebracht. Mühle spielen ist eine unsinnige Betätigung, fand er sicherlich. Es gibt Besseres zu tun. »Mühle« ist gleichbedeutend mit »nix«. Und selbst diese Betätigung würden wir sicherlich nicht meistern können. Mein Vater schien seine Kinder dadurch erziehen und motivieren zu wollen, in dem er ihnen vorhielt, nichts zu taugen, nichts richtig zu machen und im allgemeinen Zeit zu verschwenden. Auch deshalb war ich zu der Zeit davon überzeugt, dass es besser sei, alle Gespräche aufs Nötigste zu reduzieren.

Mit meinen Interessen war ich ziemlich allein im Haus. Ich wirkte wohl interessenlos, denn meine Vorlieben behielt ich für mich. Vertrauen zur Erwachsenenwelt fehlte mir. Ich wuchs auf im kleinen Rahmen, in einem Dorf, in dem jeder jeden kannte, und alles Jahrhunderte alte Wurzeln zu haben schien. Obwohl mein Interesse an Schulbildung ziemlich gering war, ging ich nicht ungern zur Schule. Dort traf ich immerhin die einzigen Gleichgesinnten, von deren Existenz ich wußte. Im Elternhaus herrschten erstarrte Verhältnisse. Daran drohte ich zu ersticken. Ich glaubte, von einer subtilen Art des Wahnsinns und der Hemmung umgeben zu sein. Und ich entsprach nicht den Vorstellungen meiner Eltern. Missraten war ich wohl nicht, aber ich befand mich auf Abwegen. Ich verweigerte jedes Haareschneiden, meine Kleidung hätte meine Mutter gern in den Mülleimer geworfen, ich las obskure Bücher und hörte obskure Musik. Das war wohl alles nicht so ungewöhnlich, wie meine Eltern und ich dachten, aber wir lebten auf kleinem Radius. Ich hatte keine Ambitionen, die meine Eltern hätten erkennen können. Mein Vater war enttäuscht von mir, meinem fehlenden Ehrgeiz und wohl noch eine Menge anderer Umstände wegen. Meine phlegmatische Darbietung ging ihm auf die Nerven. Er hatte das deutsche Wirtschaftswunder aktiv miterlebt, hatte sein Ingenieurspatent früh erworben und dann gut verdient. Er hatte früh geheiratet und früh Kinder gezeugt. Meine Eltern hatten angenommen, dass ich nicht dumm sei, denn sie hatten mich auf das hiesige Gymnasium geschickt. Ich schien das nicht zu schätzen zu wissen.

In mein eigenes Zimmer konnte ich mich nur bedingt zurückziehen. Ich musste damit rechnen, unverhofft Besuch von meinem Vater zu bekommen, häufig in betrunkenem Zustand, außerdem musste ich auf die Lautstärke achten.

Das Wohnzimmer war der Treffpunkt des Hauses. Ich war darauf bedacht, meine Bücher nicht herumliegen zu lassen.

Sie sollten keinen Anlass für Gespräche bieten. Das bürgerliche Dasein meiner Eltern fand ich degradierend, kleingeistig. Auch das trieb mich aus dem Haus. Mein Interesse an den Nachbarskindern war erloschen, ich spielte nicht mehr im Wald oder auf den Feldern. Ich hatte kein Interesse an der freiwilligen Feuerwehr und ging auch nicht zu Schützenfesten. Die meisten Freunde, die ich hatte, lebten zu weit entfernt vom Haus meiner Eltern. Es gab keine öffentlichen Verkehrsmittel. Ich war auch kein Freund des Fahrradfahrens, und so war per Anhalter fahren mein einziges Verkehrsmittel. Die einzige Person in Reichweite eines 30-minütigen Spaziergangs war Vince. Es schien einfach oftmals das Naheliegendste zu sein, ihn zu besuchen. Es war folgerichtig. Es war mir möglich, mich in seinem Zimmer zu entspannen. Es war auch nicht unrichtig zu behaupten, dass wir dort »nix« machten. Wir saßen in den fellbezogenen Autositzen am flachen Tisch, tranken entweder Tee oder Bier, unterhielten uns oder spielten Mühle.

Das war ausreichend. Der Gedanke, ob wir damit unsere Zeit verschwendeten, kam uns nicht. Das war nicht relevant. Wir fühlten uns wohl. Wir machten uns gemeinsam Gedanken über die Zukunft und über alles, was uns wichtig schien. Aber auch das ohne wirkliche Dringlichkeit. Beide wussten wir nicht, was aus uns nach der Schulzeit werden würde, die Berufswahl war abstrakt und fern. Uns beschäftigte viel mehr die Absurdität der Welt und unser Verhältnis dazu, unsere eigene Perspektive. Wir diskutierten unsere Überzeugung, dass unsere Zukunft etwas mit unserer eigenen Kreativität zu tun haben würde, und fantasierten darüber, was wir mit unbegrenzten finanziellen Mitteln tun würden. Wir würden unabhängig sein und bestimmt kein normales Leben führen. Wir sprachen über unsere gemeinsamen Freunde und wahrscheinlich auch über unsere ersten Erfahrungen mit Liebesbeziehungen. Unsere Gespräche bewegten sich in Kreisen, aber das störte uns nicht.

Wir fanden ebenfalls nichts dabei, stundenlang Mühle zu spielen. Es ist mir nicht mehr ganz klar, wie wir damit angefangen hatten, aber ich nehme an, dass Vince eine Spielesammlung besaß, in der sich auch ein Mühlebrett befand. Vince spielte Schach. Ich kannte lediglich die Regeln und verlor jedes Spiel. Auch Dame sagte uns nicht zu.

Mühle schien ein harmloses, einfach zu begreifendes Spiel zu sein. Wir hatten beide kaum Erfahrung damit. Ein Mühlespiel war oft schnell vorbei und weniger frustrierend als ein langsamer Tod als Schachspieler. Es schien angebracht zu sein, auf den bequemen Autositzen zu hocken, zu trinken und zu rauchen, und auf das Mühlebrett zu schauen. Wir spielten Mühle so oft, dass wir beide bald das Anfängersein hinter uns ließen. Wir entdeckten eine versteckte Ebene, eine kompliziertere Ebene des Spiels. Das gelang uns lediglich, weil wir beide gleich gut spielen konnten. Es wird einem nichts abverlangt, um als besserer Spieler einen schlechteren zu schlagen. Mit ein paar Tricks kann man dann jedes Spiel gewinnen. Aber da wir beide unsere Fähigkeiten gleichzeitig entwickelten, entdeckten wir, wie wir jeden Trick entkräften konnten, wie bestimmte Eröffnungen scheinbar tödlich sind, und wie man sich trotzdem daraus retten kann. Wir probierten jede Aktion und Reaktion aus, wir untersuchten alternative Züge. Ein Zeitlang begannen wir Spiele, nur um herauszufinden, welche Eröffnung die beste ist, und wie man eben jene wieder entschärfen kann. Siegen oder Verlieren war nicht mehr wichtig. Wir hatten ein fast wissenschaftliches Interesse an Mühle entwickelt und legten uns selbst Beschränkungen auf, die allerdings nicht gegen die eigentlichen Regeln verstießen. Sie hinderten uns daran, den normalen, einfachen Weg zu gehen. Wir vermieden es, eine Mühle mehr als einmal zu benutzen. Wir untersuchten die Gefahren, einem Spieler alle Steine bis auf die letzten drei zu nehmen, und wie man ihnen begegnen kann. Mit drei Steinen kann der Spieler mit diesen springen, ohne den Linien des Spielbretts folgen zu müssen. In dem Moment, in dem man diesem Spieler also den vierten Stein nimmt, sollten zwei Mühlen bereits offen sein, um dem nun springenden Spieler jede Chance zu nehmen. Geduld war also wichtig. Wir entdeckten, dass offensichtliche Lösungen nicht die besten waren. Es war beispielsweise klüger, dem Spieler mit vier Steinen den vierten Stein nicht zu nehmen, sondern die letzten vier Steine des Gegenübers so festzusetzen, dass er nicht mehr ziehen kann. Er ist bewegungsunfähig und somit der Verlierer. Daraufhin einigten wir uns darauf, von vorne herein keine Mühlen zu bauen. Das Ziel war nun, den Gegner schon dann festzusetzen, wenn beide noch alle neun Steine auf dem Brett hatten.

Mühle war für uns komplex, faszinierend und dadurch dynamisch geworden. Immer noch waren wir beide gleich fortgeschritten. Unsere Gedanken bewegten sich mit gleicher Qualität auf den konzentrischen Quadraten des Spielfeldes und deren Verbindungen miteinander.

Hin und wieder schaute Vince' kleine Schwester ins Zimmer herein, um zu sehen, was wir trieben und eine Tasse Tee mitzutrinken oder um sich von uns ihre Zigaretten wegrauchen zu lassen. Ansonsten waren wir ungestört. Wir hatten nicht angefangen, Mühle zu spielen, um das Spiel zu beherrschen, oder um auf Siege stolz zu sein. Es war einfach eine Beschäftigung, die ein Eigenleben entwickelt hatte, die uns mehr und mehr reizte, an der wir uns miteinander ausprobierten und die wir beide gemeinsam entdeckt hatten. Und es war ausschließlich unsere Angelegenheit. Wenn wir genug hatten und es schon spät war, ging ich nach Hause in den Brutkasten meiner Familie zurück, sagte nicht viel und verhielt mich auf eine Weise, die Reibungen vermied. Es war also wahr, dass Vince und ich nichts machten, nichts Konkretes, nichts Greifbares, nichts, was zu erwähnen sich gelohnt hätte, was ich hätte erwähnen wollen. Mein Vater hatte mir die Regeln des Mühlespiels beigebracht, ebenso die des Schachspiels und des Damespiels, aber er hatte das Interesse, mit mir oder meinem Bruder zu spielen, verloren, denn gewinnen konnten wir gegen ihn nicht. So musste es ihm also jetzt lächerlich erscheinen, dass Vince und ich uns mit dem Mühlespiel beschäftigten. Nicht nur, dass wir uns nicht mit etwas Brauchbarem zu beschäftigen wußten. Vielmehr verschwendeten wir unsere Zeit mit unserer eigenen Unzulänglichkeit. Für meinen Vater bot sich hier eine Möglichkeit, dieses auch zu beweisen:

»Hol mal das Mühlespiel«, sagte er, »oder habt ihr das auch schon kaputt gekriegt?«

Damit hatte ich leider nicht gerechnet. Ich saß weiterhin auf dem Sessel und schaute den Fernsehapparat an, als hätte er nichts gesagt. Ich versuchte, so unauffällig wie möglich zu sein. Ich hatte kein Interesse daran, mit ihm Mühle zu spielen.

Er hatte wohl tatsächlich Lust, eine Partie zu spielen, nebst dem Effekt, mich in die Schranken weisen zu können.

»Los, hol her den Kram!«, sagte er, so dass ich ihn nicht mehr ignorieren konnte.

Ich versuchte es mit: »Wollen wir wirklich Mühle spielen? So richtig Lust dazu habe ich momentan nicht.«

»Quatsch nicht. Mit Vince kannst du das ja anscheinend auch stundenlang spielen. Ich zeig dir mal, wie's geht.«

Ich konnte es leider nicht lassen zu sagen: »Du wirst verlieren.«

Mein Vater amüsierte sich. Jetzt ließ es sich nicht mehr vermeiden. Ich musste das Spiel holen gehen.

Wir setzen uns an den Esstisch. Ich schlage das zur Hälfte gefaltete Brett auf und verteile die Steine. Ich gebe ihm die Weißen, worauf er sagt, dass ich anfangen solle. Ich sage nur, dass, sollte ich verlieren, wir noch einmal spielen werden, ich dann mit den Weißen. Der Spieler mit den weißen Steinen beginnt das Spiel und hat somit den Vorteil. Er ist schließlich einverstanden und stapelt die weißen Steine neben sich auf.

Ohne zu zögern, plaziert er den ersten Stein auf den Eckpunkt eines Quadrates. Ich reagiere entsprechend der besten Methode, ihm am Bau einer Mühle zu hindern. Nach dem zweiten Zug meinerseits habe ich bereits die Initiative übernommen. Nun muss er versuchen, mich am Bau einer Mühle zu hindern. Es verwirrt ihn, dass ich nicht wirklich versuche, eine Mühle zu bauen. Mein Setzen der Steine muss ihm planlos erscheinen. Er muss auf der Hut sein, überlegt sich gut, wie und wo er mir Möglichkeiten verbauen könnte. Er muss ferner glauben, dass ich nicht genau weiß, was ich tun soll. Ich lasse eine gute Gelegenheit, eine Mühle zu bauen, passieren, und er will mich beinah darauf aufmerksam machen, aber ich schaue ihn mit einem konzentrierten und ruhigen Blick an. Ich locke ihn in bestimmte Bezirke des Spielfeldes, aber es gelingt ihm nicht, eine Mühle zu setzen. Nachdem alle 18 Steine gesetzt sind, scheint keiner von uns beiden einen Vorteil zu haben. Die Steine scheinen gleichmäßig verteilt zu sein. Es wird schwer werden, so auf eine Mühle hinzuarbeiten. Er versucht es natürlich dennoch. Alle seine Züge habe ich bereits vorher geplant. Noch immer scheine ich meine Steine willkürlich zu schieben. Er nimmt sich selbst den Raum mit seinen Bemühungen, und ich dränge ihn in vorbereitete Sackgassen. Nach ein paar weiteren Zügen ist mein Vater so eingemauert, dass er nicht mehr ziehen kann. Es ist offensichtlich, dass er mit einem solchen Verlauf des Mühlespiels nicht gerechnet hat. Noch eine Zeit lang untersucht er die Situation, steht dann auf und geht zurück zur Couch.

»Willst du noch mal spielen?«, frage ich, bereit, das Spielbrett und die Steine in die Schachtel zu räumen.

»Neee«, sagt er mit Bestimmtheit. Er hat das Spiel nicht nur verloren, er hat gar nicht richtig mitgespielt. Er weiß, dass er nicht die geringste Chance hatte.

Dieses Spiel wäre nicht nötig gewesen, wenn ich meine Klappe gehalten hätte.

Mir hatte das Spiel weder Spaß gemacht, noch empfand ich Stolz oder Freude über den Sieg. Es lag mir nichts daran, irgend etwas zu beweisen. Die Art und Weise, wie ich Mühle spielte, wie ich dem Spiel begegnete, lag ihm völlig fern. Ich besaß eine spielspezifische Intelligenz, die man nur durch das Spiel selbst und dessen Regeln erringen kann. Ich reagierte folgerichtig auf eine abstrakte Konstellation auf dem Spielbrett, im Spiel selbst. Es war mir daher auch nicht möglich, ihn mehr am Spiel teilhaben zu lassen. Mein Vater hatte nicht nur mich, sondern vor allem das Spiel an sich unterschätzt. Immerhin war seine Besserwisserei mal ins Leere gelaufen. Aber glücklicherweise schien ihn das nicht weiter aufzuregen. Das Spiel und sein Ergebnis hatten keine Konsequenzen. Den Tiefpunkt unseres Verhältnisses hatten wir noch nicht erreicht.

Vince und ich würden bald das Mühle spielen sein lassen, nicht wegen der Partie, welche ich mit meinem Vater gespielt hatte, sondern, weil wir das Interesse daran mehr und mehr verloren und weil sich das Mühlespiel letztendlich doch irgendwann erschöpft. Es ergaben sich andere Dinge. Interessen wechselten schnell. Außerdem erlaubten wir Vince' Schwester schließlich, sich zu uns zu setzen und bei anderen Spielen und Gesprächen mitzumischen. Die Zukunft hatte wundersame Dinge mit uns vor.

Nachwort

*Self-knowledge calls for severity, and
I was always willing to go to the mat
with that protean monster, the self, so
there was hope for me.*

Saul Bellow, Ravelstein

Ich frage mich, ob ich es mir erlauben kann, ein Nachwort für dieses Buch zu schreiben. Noch ist es unklar, ob sich jemand für dieses Buch, für die Geschichten darin, interessieren wird. Die Annahme, dass jemand diese Zeilen lesen könnte, erscheint mir beinahe anmaßend.

Aber ich werde die Gelegenheit nutzen, um die Geschichten in einen Kontext zu setzen und um mich bei einigen Personen zu bedanken. Das beruhigt mein Gemüt.

Die beiden ersten Geschichten sind auch die neuesten. *Der Kerl* entstand in den Wochen des Jahreswechsels 04/05. *Lee-Ann* schrieb ich an einem Abend im Januar. Beide Geschichten gingen natürlich, wie alle, durch einige Überarbeitungen und Korrekturen. Motiviert, *Der Kerl* zu schreiben, wurde ich durch ein kurzes Gespräch mit meinem Vater. Die Idee ist allerdings viel älter und wartete geduldig auf eine ausgereifte Rahmenhandlung und den rechten Zeitpunkt. *Lee-Ann* ist eine fiktive Geschichte auf einer realen Bühne. Viele der genannten Personen gibt es wirklich, die Bar existiert, und das Tenderloin wird sicherlich auch noch so sein, wie ich es erinnere.

Resultate ist ebenfalls eine neuere Idee. Ursprünglich wollte ich meinen Helden eine alte, frühe Liebe besuchen lassen. Dann gab es die Idee, dass er sich selbst besuchen und zu überreden versuchen sollte, sich nicht von dieser zu trennen. In der endgültigen Version geht es um nichts Bestimmtes, sie stellt einen Generationenkonflikt in einer Person dar.

Fern schrieb ich im Jahr 2000, das Konzept für die Geschichte ist aber gute zehn Jahre älter. Der Strand ist Ocean Beach in San Francisco. Oftmals eine ungemütliche Gegend in der Nacht: Wind, Nebel und dunkle Gestalten.

Die Abenteuer in Port Bou sind so wahr, wie ich sie erinnern kann. Ich bin davon überzeugt, mich sehr gut daran zu erinnern. Aufgeschrieben habe ich diese Vorkommnisse Ende des Jahres 2001 in SF, ursprünglich als Weihnachtsgeschenk an meine Familie in Deutschland. Dass mein Bruder sie unter dem Baum vorgelesen hat, kann ich nur vermuten. Mich kann nur die Lust zum Unfug dazu getrieben haben. Später habe ich sie intensiv überarbeitet und lesbarer gemacht. Im Frühjahr 2005 saß ich mit Andreas bis morgens um sechs mit viel Bier in einer Berliner Wohnung und stritt mich mit ihm darüber, was sich auf welchem Strand zugetragen hat. Es tut mir Leid, Andreas, ich irre mich nicht.

Die lange und inhaltsschwere Erzählung *Der Wunsch* war eine langwierige Geburt. Das Niederschreiben hat gute zwei Jahre gedauert, mit langen Pausen und Revisionen des Konzepts. Ende 2001 war sie dann fertig, vor allem für diverse Überarbeitungen, Streichungen, Umstellungen und so weiter. Ich bin mir immer noch nicht im Klaren darüber, ob sie nun endgültig fertig ist, und welche Daseinsberechtigung sie hat. Aber nun ist sie gedruckt und braucht sich keine Sorgen mehr zu machen.

Im Café ist eine kleine Meditation aus dem Jahre 1999. Sie markiert einen Wechsel in meinem Schreibstil. Die Sprache in der originalen Version ist sehr blumig, zeitweilig verwirrend und aufgeblasen. In dieser jetzigen Version ist viel mehr Klarheit und Gradlinigkeit. Die Geschichte lebt nicht durch eine Handlung, sondern durch die Nachvollziehbarkeit der Gedanken. Es gilt zu erzählen und zu unterhalten. Ich verlor das Interesse daran, den potentiellen Leser zu verwirren und in mit dem Anliegen, ihm eine Aussage aufzuzwingen, vor den Kopf zu stoßen.

Das Mühlespiel fand statt. Die Geschichte ist aus der Sicht eines Heranwachsenden geschrieben, alle Wertungen davon geprägt. Ich habe diese Geschichte vorab an den Mühle-Großmeister Manfred Nüscheler geschickt. Ich dachte, die Lektüre würde ihn gut unterhalten. Diese Idee bewahrte mich davor, einen dummen Fehler in der Geschichte zu übersehen und mich so dem Spott der Mühlespieler auszusetzen. Außerdem machte er mich darauf aufmerksam, dass weder die weißen noch die schwarzen Steine einen Vorteil im Mühlespiel haben. Die Chancen sind gleich. Dank dafür.

In dieser letzten Geschichte, die ich Anfang 2002 geschrieben habe begegnen wir einer Person, ohne die dieses Buch nicht hätte entstehen können: Vince kleiner Schwester.

Andrea hat nicht nur alle Texte überarbeitet und druckreif gemacht, sie hat auch sehr zur Herstellung dieses Buches beigetragen. Vor allem möchte ich ihr aber danken für die jahrelange Ermunterung zum Schreiben, für ihre, teils harte, aber immer konstruktive und wohlmeinende Kritik und ihre erstaunliche Ausdauer. Sie hat einiges über sich ergehen lassen müssen.

Der Leitfaden dieses Buches ist das Erscheinen einer aufdringlichen Person. Mal ist es der Protagonist, mal wird dieser mit solch einer Person konfrontiert. Ich hoffe, dass ich mit diesem Buch nicht selbst zum Aufdringling werde.

Alle realen Personen in diesem Buch gingen durch die Mangel meiner blühenden und sicherlich sehr einseitigen Vorstellungskraft. Sie können sich meines Dankes sicher sein und mögen doch von irgendwelchen rechtlichen Schritten absehen.

Schließlich Dank an Kelly für ihre Nachsicht und an Melodendron für den Speicherplatz.

SB Dezember 2005, Boston

***

Die wohlbekannte Neigung des schriftstellerischen Anfängers, dem Leser sein Privatleben aufzudrängen und in seinem ersten Roman sich selber oder einen Stellvertreter auftreten zu lassen, rührt weniger von der Anziehungskraft einer fertigen Handlung her als vielmehr von der Erleichterung, erst einmal sich selber loszuwerden, und dann zu Besserem fortzuschreiten.

Vladimir Nabokov 1970